가르멜 수녀들의 대화

가르멜 수녀들의 대화

게르트루트 폰 르포르의 중편소설과
브뤼크베르제 신부 및 아고스티니 감독의 시나리오 개요에 따른

가르멜 수녀들의 대화

조르주 베르나노스

정영란 옮김

▲

문학과지성사

차례

일러두기

1. 이 책은 조르주 베르나노스Georges Bernanos의 *Oeuvres romanesques complètes II suivies de Dialogues des Carmélites*(Éditions Gallimard, 2015)에서 해당 작품을 우리말로 옮긴 것이다. 한편, 이 총서(Bibliothèque de la Pléiade)의 1961년 판에 수록되어 있는 알베르 베갱Albert Béguin에 의한 1949년 판본도 참고했다.

2. 인명, 지명 등 고유명사의 외래어 표기는 국립국어원 외래어 표기법에 따랐다. 단, '가르멜'을 비롯하여 가톨릭 용어 표기는 『한국 가톨릭대사전』(한국교회사연구소, 2006)에 최대한 따랐다(예: 마리→마리아, 잔→요안나, 클레르→글라라, 카트린→가타리나, 발랑틴→발렌티나, 마틸드→마틸다, 안→안나, 마르트→마르타, 제르트뤼드→젤트루다).

3. (원주)라고 따로 표시되지 않은 각주는 모두 옮긴이 주이다.

4. 본문에서 각괄호(〔 〕) 사용은 베르나노스의 육필 원고에 없는 장면 지시 및 대사 없는 장면을 표시한다. 즉, 작품 이해에 필요하다고 판단될 때 시나리오 개요에서 부분적으로 끌어온 내용, 혹은 베르나노스의 원고에서 빠져 있는 단어나 숫자를 그 안에 추가했다. 작은 중괄호({ })들은 베르나노스 본인이 시나리오 개요에서 끌어와 적어놓은 부분을 표시한다.*

---

* (원주) 이 내용 및 부호 사용은 2015년 판본 책임자에 의한 것이다.

단두대의 최후 여인[1]

〔크리스티안 마니피카에게〕[2]

〔장면 1〕

〔머지않아 루이 16세가 될(1774) 왕세자의 결혼 날 저녁 파리의 야간 축제.[3] 홍겨운 길거리를 호화로운 사륜마차 한 대가 또각또각 평보平步로 지나간다. 그 안에는 들라포르스 후작과 임신 중인 젊고 어여쁜 후작 부인이 타고 있다. 마차는 루이 15세 광장[4] 한 모퉁이

---

1 (원주) 베르나노스 육필 원고 머리에 이 제목이 적혀 있다.「옮긴이의 말」참조.

2 (원주) 작가와 매우 각별했던 마니피카 부부(Eugène et Elisabeth Magnificat)의 딸. 각괄호가 사용된 이유는 작가가 헌정 의사를 서한에서는 밝혔으나 작품 정서본淨書本에는 정작 적어놓지 않았음을 살핀 구별이다.

3 결혼식은 1770년 5월 16일 베르사유. 루이 16세로 등극한 날은 1774년 5월 10일. 대관식은 랭스의 노트르담 대성당에서 1775년 6월 11일에 있었다. 1770년에 파리시가 두 사람의 결혼 축하 축제를 개최했다가 폭죽 사고로 130여 명이 사망한 사건은 왕실 몰락의 불행한 징조로 후일 널리 회자되었다.

4 현재의 콩코르드광장.

를 지나, 현재의 생플로랑탱 거리 한 귀퉁이에 멈춰 선다. 후작은 아내를 마차에 남겨두고 내키지 않은 걸음으로 공식 연단 쪽으로 간다. 마차 창문 안쪽에서 잡은 광경. 폭죽놀이. 별안간 폭죽 상자들에서 불길이 인다. 공포에 질린 군중이 마차 있는 곳까지 밀려온다. 창을 올려 열었던 후작 부인은 빗장을 지른다. 말들이 흥분한다. 마차는 격랑의 바다 위 쪽배처럼 흔들린다. 울부짖는 소리. 마차 유리 한 장이 산산조각 나서 날아간다. 군인들이 치는 차단선에 밀려 군중이 물러가면서 광장이 비워진다. 문이 한 짝 떨어져 나가고 유리창이 깨진 텅 빈 마차에서 잡은 광경.〕

〔장면 2〕

〔들라포르스 후작 저택 입구 계단. 제복을 입은 하인 한 명이 대기 중이다. 매우 근심 어린 표정으로 후작이 도착한다. 그가 홀에 들어서는 순간, 의사가 실내 계단을 내려오면서 딸은 무사히 태어났으나 부인은 죽었다는 것을 알린다. 후작: "아니 무슨 일로 죽었단 말이요?" 의사: "공포 때문입니다."〕

〔장면 3〕

〔1장 1〕[5]

　〔1789년 4월 26일.〕 {들라포르스 후작 저택. 블랑슈에 관한 후작
과 그 아들의 대화} 기사[6]는 아버지와 맞닥뜨리자 깜짝 놀라면서도
입술을 간지르는 질문을 되삼키지 못하고……

기사　블랑슈는 어디 있는 걸까요?

후작　저런, 난들 어찌 알겠느냐. 그건 네 누이동생의 하인
　　　　들에게 물을 일이지, 거친 사내처럼[7] 왜 예고도 없이 획
　　　　하니 내 처소에 들어와서 그러는 거냐?

기사　깊이 사과드립니다.

후작　네 나이에는 성정이 좀 격하다 해도 큰 잘못은 아니
　　　　겠지, 내 나이에는 습관에 애착을 느끼기 마련인 것처

---

　5 (원주) 알베르 베갱에 의한 1949년 판본상의 장 구분. (옮긴이) 두 판본
의 차이가 느껴진다. 그러나 이제 이 정본을 읽는 일반 독자들은 이런 옛
판본상 위치 표시를 무시해도 되겠다.

　6 작위의 하나.

　7 직역하면 '튀르키예 사나이인 양.' 이는 특히 오스만제국에 대한 18세기
유럽인의 오랜 고정관념이 관용어로 굳어진 어법. 파리식 예법과 사뭇 달
리 호방한 태도로 등장했다는 함의.

럼 말이다. 실은 네 숙부의 방문으로 오수午睡 시간을 놓쳐서 설핏 졸고 있던 터이다…… 그런데 블랑슈는 무엇 때문에 찾는 거냐?

기사 방금 여기서 나간 로제 드다마가 엄청난 인파에 갇히지 않으려고 두 번이나 가던 길을 되돌아야 했답니다. 그 떼거리가 그레브 광장[8]에서 레베용[9]의 허수아비를 불사를 거라는 소문이 파다합니다.

후작 뭐, 불사르겠다면 사르라지! 푼돈에 술을 살 수 있으니,[10] 이런 봄날에 사람들 머리로 술기운 오르는 거야 각오해야겠지…… 그러나 다 지나갈 거야.

기사 아버지 면전에서 감히 우스개처럼 한 말씀 올린다면, 제 누이 마차에 닥친 일에 관한 한 아버지는 과히 훌륭한 예언자가 아닙니다. 그 마차가 뷔시 네거리[11]에서 군

---

8 1802년 이후 '파리 시청사 광장'으로 불리게 된다.

9 Réveillon, Jean-Baptiste. 대혁명의 시작점인 바스티유 감옥이 함락되기 전 4월 27~28일에 벌어진 파리 민중 소요의 중심인물. 왕실에 납품하는 고급 벽지 제조공장을 운영하던 그가 노동자들의 임금 불만을 사게 되어 소요 사태가 벌어졌다.

10 (원주) 노후작의 시정 물가 파악과 달리, 경기 불안정으로 당시 술값은 비쌌다. 단, 레베용 소요 사태 때 지하 포도주 창고들이 대거 약탈당해 시위자들이 흥청대고 마신 정황 참조.

11 뷔시Bucy 네거리는 현재 파리 1구의 봉장팡Bons-Enfants 네거리라 한다. 한편, 현재 파리 6구 뷔시Buci 거리에 1792년 단두대가 최초로 세

중에게 제지당하는 것을 드다마가 보았다 합니다.

담배통을 열어 손에 들고 있던 들라포르스 후작은 담배도 꺼내지 않고 거칠게 탁 닫는다. 그리고 기사가 가까이 오자 손을 내밀며 그를 가만히 밀어낸다.

후작 마차라…… 군중이라…… 미안하다만, 예전에 밤마다 나를 집요하게 괴롭혀댔던 영상들이구나…… 요새 걸핏하면 소요니 심지어는 혁명이니 떠드는데, 공포에 휩쓸린 그때 그 군중과 맞닥뜨린 적 없는 사람은 아직 아무것도 못 본 셈이야…… 어휴! 하나같이 입이 뒤틀린 얼굴에 수천수만의 눈동자들…… 맙소사! 이 끝에서 저 끝으로 광장이 순식간에 끓어오르더니, 무지무지한 함성이 폭발하자 신사 지팡이며 모자들[12]이 하늘로 발사된 양 까마득히 높이 솟구쳐 날아가더구나. 그 자리에 있었으면서도 그렇게 공중제비를 돌던 모자며 지팡이는 본 적 없노라고 단언한 사람들도 몇 있다만, 장담컨대 난 정말 보았는걸!

워졌다.

12 귀족 남성들의 외출 차림새. 특히 흰 깃털 장식이 달린 모자는 구체제 기득권의 신분 상징으로 혁명군의 표적이 되었다. 육박해오던 위협에 대한 악몽 토로.

기사　아버지, 죄송합니다. 제가 미처 헤아리지 못하고……
또 한 번 사려 없이 입을 놀렸습니다.

　　　　후작은 담배통을 다시 꺼내며 몽상에 잠긴 채 뚜껑
을 손가락 끝으로 톡톡 두들긴다.

후작　뭐! 늙어버린 내 머리도 그네들처럼 너무 쉬 흥분하
나 보다. 그런데 내가 그때 본 것이 봄을 타며 꿈틀거
린다는 요즘의 사소한 소요나 파리 골목길에 출현한다
는 취한들의 행렬과 무슨 공통점이 있으려나 모르겠다.
아무튼 우리 나들이 마차는 튼튼하고, 연륜 있는 말들
은 무슨 일이 있어도 놀라지 않지. 앙투안은 20년째 우
리를 섬기고 있고 두 하인도 나바르 연대[13] 출신의 전직
군인들이니, 네 누이는 봉변 같은 건 당하지 않을 거야.

기사　아! 저는 그 애의 신상보다는, 아버지도 아시다시피
그 애의 병적인 상상력을 걱정하고 있습니다.

후작　사실 블랑슈가 너무 예민하고 겁이 많기는 하지. 좋
은 자리에 혼인하면 다 해결이 될 터. 암, 그렇고말고!
예쁜 아가씨는 약간 겁쟁이처럼 굴 권리가 있달까. 기
다려보렴. 갖가지로 극성맞은 개구쟁이 조카들을 보게

---

13 1558년 창군한 왕립 보병 연대로서 유구한 역사와 명성을 자랑한다.

될 터이니.

기사 아뇨, 블랑슈의 건강, 어쩌면 목숨까지 위태롭게 할
지 모르는 겁은 그냥 단순한 겁이 아니라고 생각됩니
다. 아니 그건 온몸과 마음 깊이 억눌려 있는 겁, 나무
속통까지 들어박힌 냉해 같은 겁이겠지요…… 진심으
로 아뢰는데, 블랑슈의 성정에는, 아버지, 통상을 넘어
버린 무언가가 있습니다. 그건 우리 시대[14]보다 덜 계몽
된 시대에는……

후작 원! 미혹에 젖은 시골 사람처럼 말하는구나. 네가 누
이동생을 늘 애지중지하더니 판단력이 흐려진 게야. 내
보기에는 블랑슈가 한결같이 자연스럽고, 어떤 때는 명
랑하기까지 하더구나.

기사 오! 물론 그렇게 보이겠지요. 그 애 눈에 항상 깃들어
있는 불운의 기색만 아니라면, 운명적 액운이 이제 가
셨구나 하고 믿을 정도로 그 애는 제 앞에서도 연기를
곧잘 해내죠. 정말이지 목소리로는 감출 수 있는 것도
눈길에는 다 드러나지요. 겁은 목소리가 아니라 시선으
로 노출됩니다. 제가 왕을 모신 지 아직 얼마 되지 않았
지만, 봉직奉職 중에 알게 된 것이 바로 그것입니다……

---

14 계몽의 빛으로 밝혀진 18세기 사람의 자부심을 표백하면서도 누이동생
의 공포심이 운명적 저주에 의한 것이 아닐까 걱정하는 마음이 이어진다.

하긴, 제가 태어나기도 훨씬 전에 더 중대한 전쟁터에
서 아버지가 벌써 체득하셨을 것을 굳이 말씀드려 무엇
하겠습니까?

　　　　후작은 처음에는 부인하는 몸짓을 얼핏 하다가, 이
윽고 옛 기억을 더듬는 사람처럼 천천히 대답한다.

후작　아이쿠, 그래, 우리 세대도 알고 있었지. 그런 앎이 때
로 유용하기도 했고. 그러나 정작 네 입에서 다시 들으
니 꽤 새롭게 들리는구나. 우리는 그런 것을 너무 따져
생각하지는 않았으니까. 우리 세대는 너희 세대와 그
런 점에서 달랐지. 왕립 피카르디연대[15]의 병장과 중사
를 지냈던 그 오래전 경험에 비추어 어떻게 네 누이를
판단할 생각을 감히 하겠느냐?…… 하지만 지금 너처럼
모든 것을 헤아려보려다가는 오히려 아무것도 간파해
내지 못할 염려가 있으니 경계하거라! 블랑슈가 가정교
사와 함께 금방 들어올 테니 너는 걱정하던 걸 웃어넘
기게 될 테고, 네 누이는 제 걱정을 잊어버리게 되겠지.

기사　아버지 말씀은 그 애가 겁을 먹었을지언정 이번에도
별 탈 없이 넘어가리란 말씀이지요…… 겁만 났을 뿐

---

15 1652년 창립된 기병騎兵 연대.

무탈할 거다! 그러나 이 두 마디가 나오는 상황만으로
도 블랑슈는 부르르 떱니다…… 그렇게도 고상하고 긍
지 높은 규수인데도! 벌레가 과일 고갱이에 들어가서
박히듯, 병이 그 애 속에 들어가 박혔어요…… 아! 아버
지, 이런 말이 제 입에서 나오는 만큼 더 이상하고 아는
체하듯 들리겠지요…… 그럼 제 말에서 다른 건 다 잊
되, 봄바람도 쐬면서 우리 농장 소젖이라도 마실 수 있
게끔 누이동생을 미로메닐[16]이나 리뫼이[17]까지 보내도
록 결정하는 데 필요한 내용만 기억해주십시오.

후작 그래, 요새 유행대로 농사꾼 여인 놀음을 하러 보내
라는 말이구나……[18] 애석하게도 그래서는 혼처를 찾지
못하지. 마침 네 친구가 열심을 보여주어서 다행이라
생각하고 있는데, 그 애를 멀리 떠나보낸다면 그거야
말로 바보짓 아니겠니? 드다마 군이 옛 시절에 손꼽히
던 최고 신랑감은 아니지만, 나는 기꺼이 사위로 삼을
셈이다. 어쩌겠니? 요즘 청년들은 내가 보기엔 좀 복잡
한 듯 여겨질 때가 있어. 그런데 그 젊은이는 진정한 프

---

16 노르망디 지방의 시골 마을. 파리에서 160킬로미터 떨어져 있다.

17 도르도뉴 지방에 위치. 파리에서 540킬로미터 떨어져 있다.

18 교육론 『에밀』을 쓴 장-자크 루소의 영향으로, 루이 16세의 왕비 마
리 앙투아네트가 베르사유 후원의 프티 트리아농궁에 노르망디풍의 농촌
마을을 조성하고 소까지 키운 것을 두고 하는 말.

랑스 남자, 그래 3세기를 아우르는 프랑스 남자야. 그는 첫 세기의 기사도, 그다음 세기의 품위, 그리고 이 시대의 쾌활도 갖추었어.[19] 참말이지 이런 젊은이가 내가 말하는 괜찮은 프랑스인, 멋지고 기백 있는 청년, 프랑스 궁정에 걸맞은 좋은 취향의 귀족인 거지. 로제 드다마는 이런 사람이야. 암튼! 너도 나와 생각이 같겠지.

기사 제 가장 친한 벗이니 무슨 말이 더 필요하겠습니까…… 그렇지만 좋게만 생각하면 곤란합니다. 지금같이 언짢은 누이동생의 상태로는, 어디서든 그 누구보다 저돌적인 남자로 통하고, 그 앞에서 얼굴 붉힐 일이 생길까 겁낼 법한 상대와는 결코 결혼하지 않을 겁니다.

후작 그렇게 애 같은 처신을 할 리가!

기사 그렇게 믿고 계실 일이 아닙니다. 블랑슈가 혼란을 겪고 있는 제 본성 때문에, 적어도 귀인으로서의 본분에 대한 제 생각에 치우친 나머지, 혹여 어떤 비난받을 만한 행동에 이끌려들지 어떨지는 저도 모릅니다. 다만, 그렇게 되면 그 애는 더 이상 살려고 하지 않을 거란 것만은 느끼고 있습니다.[20]

---

19 프랑스 왕정의 본격적 시작인 16세기 프랑수아 1세의 왕실부터 17세기의 절대왕정, 말하는 시점인 18세기 궁정에서 두루 칭송받을 신사로서의 장점을 다 갖추었다는 뜻.

20 상황은 다르지만 오라버니의 이 말은 훗날 블랑슈가 순교 서원 후 한

〔1장 2〕

　　　　　　문이 열리며 문턱에 갑자기 나타난 블랑슈가 이 마
지막 말을 들었은지는 모를 일이다. 기사는 흠칫하지
않을 수 없다. 그러나 후작은 아들과 달리 한결 평정
한 태도로 아주 자연스럽게 말한다.

후작　블랑슈야, 언제 오나 네 오라버니가 몹시 기다렸단다.

　　　　　　혼란에 빠진 표정을 짓고 있던 블랑슈지만 태도를
가다듬을 여유만큼은 있던 모양으로 쾌활하게 말하려
고 애를 쓴다.

블랑슈　기사님은 오라버니의 이 작은 토끼[21]를 너무 살피
시는군요……
기사　우리 둘만의 의미 있는 농담을 아무 때나 하지 말렴.
블랑슈　어린 토끼들에겐 은신처 밖에서 온종일을 보내는

동안 갈팡질팡하다가 끝내 스스로 목숨을 내놓게 될 영적 운명을 자기도
모르는 새 어느 정도 예견한 셈이라 하겠다.
21 겁 많은 동생을 염려하는 애정 어린 별명.

버릇이 없지요. 네, 저는 그걸 대동帶同한 채 나가 있었어요.[22] 하지만 대단했던 군중과 겁 많은 제 몸 사이의 유리 한 장이 참으로 가당찮은 안전장치 같던 순간이 있기는 했습니다. 그때의 제 꼴은 아주 볼썽사나웠을 테죠.

후작은 아들에게 잠자코 있으라는 눈짓을 건넨다.

후작 자, 그만! 네가 당한 뜻밖의 일에 대해서는 우선 좀 쉬고 저녁 식사 때 이야기하자꾸나. 네가 본 건 잠시 잊어버리는 것이 좋겠다. 하층민이라고 해도 외양만으로 판단하지 말아라…… 파리 백성은 고약한 듯해도 호인들이라, 마지막에 이르러서는 모두 노래로 끝나고 말거든.

기사 드다마 씨가 뷔시 네거리에서 너를 보았다는데, 마차 유리창 안쪽에서 아주 침착하게 있더라고 하더구나……

반색하는 블랑슈의 얼굴에 홍조가 번지고, 마음의

---

22 토끼장 안에 든 채 외출했다는 이 비유는 아버지도 자부하는 튼튼한 마차를 타고 나갔다는 뜻.

동요를 감추기 위하여 점점 더 열렬히 말하는 바람에 외려 어색해지고 만다. 후작과 아들은 서로 눈짓을 주고받는다.

블랑슈　오! 드다마 님은 분명 그분이 보고 싶은 것만 보았겠지요…… 제가 실제로 침착했을까요? 맙소사, 처음에는 숨이 끊어질 듯하다가도 정작 목까지 잠기고 나면 몸이 편안해지는 차가운 물과 같은 위험도 있는 모양이지요? 그렇지만 위험 국면은 우리 아가씨들에게 제 값어치[23]를 드러낼 기회를 주는 것이기도 하겠지요? 진가를 보여주자면, 우선 얼마만 한 값어치가 있는지를 알아야 하는데…… 아 정말, 하느님, 방금 마차에서 내리면서 제가 어떻게나 휘청거렸는지 자냉 부인[24]이 자기 눈을 의심할 지경이었던 걸 생각해보시렵니까…… 제 가슴을 늘 찍어 누르고 있던 그 무거운 무게 추가…… (블랑슈는 가슴에 손을 갖다 대며 멈칫한다.) 아니, 내가 무슨 말을 하는 거지? 저는 그저 넋 빠진 여자일 뿐이군요…… 용서하세요. (오라버니가 입을 열기 전에 블랑슈

23　위험 상황에도 겁먹지 않고 흔들리지 않는 품위, 평정.
24　르포르의 작품에서는 샬레 부인Mme de Chalais이라 불렸지만, 베르나노스의 작품에서는 이처럼 거명만 되고 실제로는 등장하지 않는 가정교사.

는 다시 말을 잇는다. 그러나 이제는 억지로 명랑하게 꾸며내는 목소리) 방문회訪問會 수녀원[25]에서 참례한 전례典禮가 너무 길어서 매우 피곤했어요. 당치 않은 소리를 주절거린 건 그래서입니다. 아버지, 허락하시면 말씀대로 저녁 식사 전에 잠깐 쉴까 합니다. 어쩜! 오늘 저녁에는 해가 빨리도 지네요……

후작　아직 그럴 계절은 아니다만 폭우가 닥칠 것 같구나. 네가 말하는 동안 하늘에는 구름이 갑자기 꽉 덮이고 말았어.

　　　블랑슈는 층계 쪽으로 걸어가고, 오라버니가 동행한다.

기사　방에 가 있겠다 하니 곧장 촛불을 밝히라 일러라. 그리고 혼자 있지 말아라. 땅거미 내려앉을 무렵만 되면 네가 늘 우수에 젖는다는 것을 알지. 어렸을 적부터 넌 말하곤 했지. "저는 매일 밤 죽었다가 매일 아침 부활합니다"[26]라고.

---

25 성 프란시스코 살레시오 사제가 1610년에 창설한 여자 수도회.
26 태생적으로 죽음의 고뇌에 젖어 있는 블랑슈의 이 토로는 이어지는 말에 비추어볼 때 겟세마니의 신비를 관통하는 영적 고백이다.

블랑슈　기사님, 그것은 부활 날 아침이라는 아침 하나밖에
는 없으니 그리 말한 것입니다. 그러니 매일 맞이하는
밤은 '지극히 거룩하신 임종 고난'의 밤이겠지요……[27]

　　　　블랑슈 나간다.

〔1장 3〕

후작　그 애의 상상력은 언제나 극단에서 극단으로 치닫는
구나. 도대체 그 마지막 말은 무슨 뜻이냐?

기사　저도 모르지만 상관없습니다! 그저 그 애의 눈길이며
목소리가 마음을 저미네요. 마차의 말들도 다 끌러냈을
테니, 나가서 앙투안 영감에게 아까 상황을 물어보겠습
니다.

　　　　기사가 나간다. 문이 닫히자, 공포에 질린 비명이
들려온다. 후작은 어느 쪽으로 갈지 잠시 망설이다가
이윽고 층계 쪽으로 향한다. 계단 딛는 발걸음 소리가
난다.

---

27 수동으로 겪는 실존적 고뇌를 넘어 신비 신학의 관점에서 이해되어야
할 고뇌의 표출로, 블랑슈의 공포와 불안을 그려내고 있음에 주의.

후작은 어두컴컴한 가운데서 누구를 본 건지 소리를
지른다. ‘티어리, 너더냐?’ 발걸음 소리가 가까워지면
서 젊은 하인 남자가 몹시 창백해진 얼굴로 나타난다.

후작   여보게, 무슨 일인가?
하인   제가 초에 불을 댕기고 있었는데, 블랑슈 아가씨께서
　　　방 안으로 들어오셨어요…… 아가씨는 벽에 비친 제 그
　　　림자를 보신 모양입니다. 커튼을 쳐놓았거든요.

〔1장 4〕

　　　　　　　〔블랑슈의 방〕
　　　　　아버지가 들어오니, 블랑슈가 맞이하러 걸음을 뗀
　　　　다. 블랑슈의 목소리와 태도, 표정 모두 어떤 결심과
　　　　절망적 체념의 빛을 동시에 띠고 있다.[28]

후작   네 가정교사를 불러 살펴보게 하는 대신 네 방에 곧
　　　장 올라온 건 마음에서 자연스럽게 우러나온 것이었으
　　　니, 이 아비의 섣부른 행동을 용서하거라. 다행히도 큰
　　　일은 없구나.

---

28 블랑슈에게 이 상충적인 두 태도가 공존하고 있음에 주의.

블랑슈　오! 아버지는 세상 아버지 중에서 제일 너그럽고 다정한 분입니다……

후작　제 자식들에게는 과히 그렇지 못했던 루소 씨[29]는 우리가 아이들의 친구가 돼야 한다지. 그런데 찬찬히 생각해보면, 친구 대하듯 너그럽고 다정하게만 대한 걸 후회할 날이 올지 모르겠다. 어쨌든 아비들이야 그렇게 처신하는 게 편하니까. 친구 노릇이 참아비 노릇보다는 덜 어렵지…… 하여간 별거 아닌 이 일은 그만 말하기로 하자.

블랑슈　아버지, 한 방울 물에도 광대무변한 '하늘'이 비치는 것처럼, 아무리 하찮은 일이라도 천주[30]의 뜻이 쓰여 있지 않은 것은 없습니다.[31] 그렇습니다. 제가 몇 번이고 말씀드리려다가 용기가 없어서 못 한 말을 여기서 듣게 하시고자 천주께서 아버지를 이리로 인도하신 것입니다. 허락하신다면 저는 가르멜 수녀원[32]에 들어가기로 결심했습니다.

---

29 장-자크 루소가 자녀들을 고아원에 맡긴 것에 대한 함의.

30 '하느님.' 다만 시대적 배경을 감안하여 예스러운 어휘 '천주'로 옮긴다.

31 베르나노스가 사랑해 마지않은 가르멜의 딸, 성녀 소화 데레사의 영적 담화와 매우 근접한 표현.

32 봉쇄 수도 생활이 특징인 엄률嚴律 관상觀想 수도회. 이하 각주 110 참조.

후작 가르멜에!

블랑슈 이런 토로에 의외인 듯한 기색을 보이시지만, 실상은 그렇게까지 뜻밖은 아니시지요.

후작 아! 내 딸같이 덕성 높은 젊은 처녀가 지나친 신심의 충고[33]를 들을까 늘 염려되기 마련이지. 하기야 네가 세상에 날 때의 그 불행한 정황 탓에 너를 더 귀히 여겨왔으니, 무슨 일에서건 너를 구속할 생각은 없다. 그러니 이 일은 더 천천히 얘기해보자꾸나. 그러나 네가 정작 용기보다는 분명 힘과 건강을 과신하고 있음을 지금부터 잘 숙고해보거라……

블랑슈 제 용기……

후작 너처럼 자긍심 높은 처녀가 아니라면 비명 한 번 질렀다고 자책하지는 않을 것이다.

블랑슈 저의 용기……

블랑슈는 아버지를 설복하려고 함으로써 자기 자신까지도 설복할 수 있으리란 기대에 차차 이끌린 것마냥 갑자기 단언한다.

아, 네, 아버지가 얼굴 붉히지 않아도 될 만한 것이 저

---

33 내적 속삭임.

에게도 하나 이상은 있으리라고 믿습니다. 저를 이런 모습으로 만드시면서 천주께서는 왜 제가 자꾸 품위를 놓치도록 두셨을까요? 저의 약한 천성은 '그분'께서 제게 주신 굴욕에 지나지 않는 것이 아니라, 당신의 가엾은 종에 대한 '그분' 뜻을 드러내는 징표입니다. 이것을 부끄러워하기는커녕 오히려 이렇게 예정된 것을 영광스럽게 생각해야겠지요. 아! 물론, 아버지 앞이라 하더라도 혈통이라든지 가문의 덕을 보려 함은 온당치 않다는 걸 잘 압니다. 그런데 말이죠! 마땅히 합당한 명망을 누리는 훌륭한 분들이 많은 집안에, 왜 저는 도무지 그분들과 걸맞지 않게 태어난 것일까요? 그러니 용기에도 여러 가지가 있는 거라고 지금의 저는 생각하고 있어요. 화승총에 맞서는 것이야 분명 용기의 하나입니다. 남이 부러워할 지위를 버리고 동료들과 섞여, 흔히는 자기보다 가문과 교육이 훨씬 낮은 장상長上들의 권위에 복종하며 살아가려는 것도 용기의 다른 하나겠지요.

블랑슈는 약간 거북한 듯 말을 멈춘다…… 늙은 후작은 고개를 숙이고 아무 말 없이 딸이 하는 말을 듣고 있다. 이윽고 간신히, 그러나 어떤 의무를 다하기 위해 진술하는 사람과 같은 어투로 말한다.

후작　애야, 네 결심 안에는 네가 생각하는 것보다 더 큰 오
기傲氣[34]가 자리하고 있다. 나는 독실한 신자라는 평판
은 듣지 못한다마는 우리 같은 신분[35]을 가진 사람이라
면 의당 천주께 성실히 처신해야 한다고 늘 믿어왔다.
적잖이 격한 첫 전투에서 용기를 잃을까 봐 겁내 지레
죽음을 자초하는 바람에 주군과 조국에 봉사할 길을 허
망하게 잃게 되는 초심자처럼, 충동적 호기를 부리다
세상을 등지면 어찌 되겠느냐.

　　　　블랑슈가 정곡이 찔린 듯 휘청거리는 것을 알 수 있
다. 그러나 그녀는 굴하지 않는다.

블랑슈　저는 세상을 경멸하지는 않습니다. 그렇다고 그것
을 두려워한다는 것도 영 맞는 말이 아니겠고요. 제게
세상이란 그 안에서 살 수 없는 환경일 뿐입니다. 아버
지, 정말 그래요, 저는 그 소음과 번잡함을 생리적으로
견디지 못합니다. 제일가는 친구들과 있어도 마음이 기
껍지 않아요. 길거리의 웅성거림에 벌써 정신이 얼떨떨
하고요. 밤중에 깨면 두꺼운 커튼과 침대 휘장을 뚫고

---

34 영적 교만.
35 앙시앵레짐 곧 구체제하의 신분 사회에서 2신분인 귀족.

들려오는 이 대도시의 끊임없는 소음, 새벽녘이나 돼야 좀 가라앉을 그 웅성거림에 싫어도 귀를 기울이고 지새우게 됩니다. 제 신경이 이런 시련을 겪지 않게 되면, 제가 무엇을 할 수 있는지 알게 되겠지요. 그래요! 아버지는 젊은 장교가 바다를 견뎌내지 못해 왕의 군함에서 복무하기를 단념하는 것을 비난하시겠습니까?

후작　착한 아가, 그 시련이 힘에 겨운지 아닌지 단언하는 것은 온전히 네 양심에 달린 일이다……

블랑슈　아! 아버지! 제발 이런 줄다리기는 그만해요. 아! 그렇지만 제 삶의 불행이 되는 이 끔찍한 나약함에 한 가지 처방이 있다는 걸 믿도록 내버려두세요! 아아! 제가 아까 침착하더라고 생각했다면, 드다마 씨는 제 사정을 전혀 모르셨던 겁니다. 어휴! 저는 방석 의자에 간신히 앉아 있었을 뿐이에요. 가슴속까지 얼어붙어서 말이죠. 아직도 그렇고요. 제 딱한 두 손을 만져보셔요…… 아! 아버지, 아버지! 만일 '하늘'이 저에 대해 무슨 뜻이 있을 거란 희망조차 없다면, 저는 그저 수치스러워 여기 아버지 발밑에서 죽을 겁니다. 아버지 말씀이 옳을 수도 있겠습니다. 시련[36]이 극한까지는 이르지 않았는지도 모릅니다. 그러나 천주께서는 저를 나무라지 않으실

---

36 세상에서 과민한 공포를 느끼는 시련.

것입니다. 저는 '그분'께서 제 영예[37]를 회복시켜주시도록 청하며 모든 것을 '그분'께 희생하고, 모든 것을 버리고, 모두를 포기합니다.

〔장면 4〕

〔2장 1〕

콩피에뉴[38] 가르멜 수녀원. 〔면회실. 이중 격자 창살로 나뉜 구조. 이중 창살 사이에 짙은 휘장이 드리워져 있다. 가르멜 수녀원 원장과 블랑슈 들라포르스가 이중 창살을 사이에 두고 얘기를 나눈다.〕 수녀원장은 힘겹게 안락의자를 창살 가까이 당겨놓으려고 한다. 간신히 해내고서 약간 숨차하면서도 미소를 지으며 말한다.

---

37 '영예'〔명예〕는 작가가 가장 소중히 여긴 주제 중 하나로, 기실 이 작품도 이 주제 위에 세워져 있다고 할 수 있다. 자신의 영예를 지켜내기 위하여 교회적 영예의 정신의 구현체인 가르멜에 들어간 블랑슈는 그곳에서 예상치 못한 도전을 받게 된다.

38 파리에서 약 80킬로미터 북북동쪽에 있는 소도시지만 왕의 행궁으로 유명하고, 실제로 왕가 사람들과 많은 교류를 나눴던 수도원은 바로 이 궁 곁에 있었다.

원장　이 안락의자를 공작부인들 전용 걸상처럼 내 직무에 자동으로 따라오는 특권이라 생각하지 마세요! 네! 정성을 다해 손질하는 사랑하는 따님들을 기쁘게 해주기 위해서라도 이것 덕분에 이 노구가 좀 편안하게 느끼면 좋겠습니다. 그러나 너무 옛날 일이 되어버린 습관[39]을 다시 찾기란 쉽지 않군요. 낙이 돼야 할 것이 이젠 그저 굴욕적인 필수품이 되고 말았다고 확실히 느껴지는군요.

블랑슈　원장님, 뒤로 되돌아갈 수 없을 만큼 만사에서 그토록 벗어났다고 느끼는 것은 기꺼운 일이지 않을까요?

원장　내 딸이여, 습관을 들이다 보면 모든 것에서 초탈하는 것도 가능하지요. 그러나 만일 수녀가 자기 자신에게서 초탈하지 못한다면, 즉 자신의 초탈에 무념 무심할 수 없다면, 모든 것에서 초탈한들 무슨 소용이겠습니까? (침묵) 우리 수도회의 '엄률嚴律'이 무섭지 않은 모양이군요?

블랑슈　그것에 마음이 끌리는걸요.

원장　그렇군요, 그래요, 당신은 담대한[40] 분입니다. (침묵)

---

39 통상 사용하는 아주 단순한 나무 의자 대신 다리에 문제가 있는 노老원장을 배려한 안락의자를 제대로 누리며 편안히 앉는 일.

40 고귀한 용기를 지닌. 이하 각주 190 참조.

그렇지만 겉으로 보기에 가장 가벼운 의무가 실제로는 가장 수행하기 어렵다는 것을 잊지 말아야 해요. 산을 넘어가서 조약돌 하나에 걸려 넘어지는 법.

블랑슈　(활기 있게) 아! 원장님, 그런 조그만 희생들보다 더 걱정스러운 것이 따로 있습니다…… (하던 말을 뚝 멈춘다.)

원장　오호! 그래, 그 진정 걱정스러운 일이란 무엇일까요?

블랑슈　(확신이 점점 줄어드는 목소리로) 존경하는 원장님, 뭐랄까요…… 이렇게…… 즉답드리기는…… 어렵네요…… 그러나 허락해주신다면, 잘 생각해보고 나중에 대답을 드리겠습니다……

원장　그렇게 하시지요…… 그런데 가르멜 수녀의 첫째 의무가 무엇이라고 생각하는지 물어보면 지금 바로 대답하겠습니까?

블랑슈　자연적 본성을 이겨내는 것입니다.

원장　좋습니다. 이겨 다스리는 것이지, 억누르는 것이 아닙니다. 그 구별은 결과상 중대합니다. 본성을 억지로 누르려다가는 자연스러움을 상실하게 될 뿐이지요. 천주께서 당신의 딸들에게 요구하시는 것은 그 ‘지엄하신 분’께 매일 연극을 보여드리는 것이 아니고 ‘그분’을 섬기는 일입니다. 훌륭한 종은 언제나 있어야 할 곳에 있을 뿐, 결코 남의 눈에 띄지 않게 처신합니다.

블랑슈　저도 남의 눈에 띄지 않기만 바랄 따름입니다……

원장　(슬며시 의미심장한 미소를 지으며) 아이고! 그건 오랜 시간을 두고서야 배워지는 것이랍니다. 그리고 열렬히 원한다고 쉽게 습득되는 것도 아닙니다……[41] 왜 가르멜에 들어오려는 건가요?

블랑슈　원장님께서는 제가 온전히 솔직하게 아뢰길 명하시는 것이지요?

원장　그렇습니다.

블랑슈　그렇다면 말씀드리겠습니다. 영웅적 생활에 이끌려서입니다.

원장　영웅적 생활에 이끌려서인가요, 아니면 영웅적 행위 수행을 더 용이하게 해줄 성싶은, 달리 말하자면 아주 그른 생각이지만, 그것을 손 닿는 데 갖다줄 것같이 보

---

41 알베르 베갱 판본에서는 다음과 같이 길게 덧달려 있다. "내 딸이여, 당신은 명문가 따님인데 우리는 그걸 망각하라고 하지 않습니다. 당신이 가문의 특권을 버렸다고 해서 그런 가문에서 태어난 자의 의무를 다 면할 수는 없을 겁니다. 그리고 그것들이 다른 데서보다 여기서 더 무겁게 여겨질 겁니다. (블랑슈의 몸짓) 아! 네, 그렇겠지요, 당신은 말석으로 내려가려는 생각이 간절하지요. 하지만 사랑하는 따님, 그런 생각도 경계해야 합니다…… 너무 내려가려다가는 도리를 벗어날 염려가 있어요. 그런 중에, 만사 그렇지만, 겸손함도 도가 지나치면 오기를 낳는 법. 그리고 이런 오기는 흔히 허황한 공명심에 지나지 않는 세속의 오만보다도 천만 배나 더 교활하고 위험합니다……"

이는 어떤 생활양식에 끌려서입니까?……

블랑슈　존경하는 원장님, 용서하십시오, 그렇게까지 짚어
본 적이 전혀 없습니다.

원장　우리가 짚어보아야 할 것 중 제일 위험한 것은 우리
가 환상이라고 부르는 것입니다……

블랑슈　제가 환상을 품고 있을 수 있겠지요. 제발 누군가
가 제게서 이 환상을 없애주면 좋겠습니다.

원장　누가 당신에게서 그것을 없애주었으면 한다고요……
(원장은 말 마디에 힘을 준다.) 딸이여, 그 일은 당신 혼
자서 해야 할 것입니다. 여기 있는 모두는 각자의 환상
에 대해서 할 일이 너무나 많습니다. 마치 무도회에 나
가기 전에 분과 입술연지를 서로 바꿔가며 발라보는 세
상의 저 젊은 여자들처럼, 천상 '주인님'의 마음에 들기
위한 우리 신분상의 첫째 의무가 서로서로 돕는 일이겠
거니 생각해서는 안 됩니다. 등불의 역할은 빛을 밝히
는 일인 것처럼,[42] 우리의 할 일은 기도를 드리는 것입
니다. 다른 이를 비추려고 등불을 켤 생각은 여기 누구
도 하지 않을 것입니다. '각자 자신을 위해'가 세속 법
칙이라면, 우리 법칙도 그와 약간 비슷해서 '각자가 천

---

42 「마르코 복음서」 4, 21~23의 등불의 비유, 함지 속이나 침상 밑에 놓
지 않을 등불의 비유 참조.

주를 위해!'입니다.[43] 딱한 사람! 당신은 마치 하녀들에 의해 어두운 방 침대에 막 누운 겁 많은 어린애가 가족이 모이는 큰방의 빛과 따스함을 그리는 것처럼 이 '집'을 꿈꾼 겁니다. 당신은 진정한 수녀가 살아가고 죽으며 겪게 되는 그 고독을 조금도 모릅니다. 진실한 수녀가 있기는 하지만 범속하고 김빠진 수녀가 더 많으니까요. 네, 네! 여기도 그 어느 곳이나 그렇듯이 악은 악대로 있습니다. 그리고 아무리 깨끗한 우유로 만들었더라도 상해버린 크림이라면 변질한 고기보다 속을 덜 뒤집어놓는 게 아니죠…… 오! 아가씨, 마음이 물러지는 것[44]이 가르멜 정신답지는 않지만, 난 늙고 병들어 죽을 날이 얼마 남지 않은 처지다 보니 당신을 측은히 여기게 되는군요…… 사랑하는 따님, 크나큰 시련들이 당신을 기다리고 있습니다……

블랑슈 괜찮습니다, 천주께서 제게 힘만 주신다면요..

침묵.

---

43 하느님을 향한 사랑이 선행된 다음에야 참된 이타적 애덕 행위도 흘러나오게 된다는 뜻을 배면에서 짚어야 오해가 없을 대목이다. 이하 '장면 9'의 마지막, 강생의 마리아 수녀의 말을 참고할 것.
44 자기와 상대에 대한 인간적인 연민에 빠지는 것.

원장 '그분'이 당신에게서 가늠해보고자 하는 것은 당신의
힘이 아니라 약함입니다…… 우시나요?

블랑슈 힘들어서가 아니라 오히려 기뻐서 웁니다. 원장님
말씀이 버겁기는 하지만 그보다 버거운 말도 원장님 휘
하로 이끄는 제 열정을 꺼버릴 수는 없으리라 싶어요.

원장 그것을 꺼버리지 않고 잘 조절해야 할 터이죠. 도둑
에게 쫓기는 가엾은 사람처럼 필사적으로 이리로 뛰어
드는 것은, 정말이지 우리 '수도회'에 들어오는 좋은 방
법이 아닙니다.

블랑슈 사실 제겐 다른 피난처가 없습니다.

원장 우리 수도회 '규칙'은 피난처가 아닙니다. 내 딸이여,
'수도회 규칙'이 우리를 지켜주는 것이 아니라 우리가
'그 규칙'을 지키는 것입니다.

긴 침묵.

한 가지 더 답해주세요. 우리가 당신을 수련기에 받아
들일 경우를 고려하여 혹시 가르멜 수도명修道名을 미리
생각해보았습니까? 분명 아직 생각해본 적 없겠지요?

블랑슈 아뇨, 했습니다, 원장님. 저는 그리스도 임종 고난
의 블랑슈 수녀라고 불리기를 희망합니다.[45]

원장은 보일 듯 말듯 흠칫한다. 그는 잠깐 망설이는 것 같다가 입술을 움직인다. 문득 얼굴은 결정을 내린 사람 특유의 평정한 단호함을 드러낸다.[46]

원장　내 딸이여, 평안히 돌아가시오.

〔장면 5〕

〔2장 2〕

〔가르멜 내부, 봉쇄封鎖[47] 문 앞. 이 문은 닫혀 있고 그 앞에 블랑슈가 수녀원 전속 사제[48]와 함께 대기하고 있다. 블랑슈는 지원 수녀로 받아들여질 예정이다. 문이 양쪽으로 활짝 열리니, 공동체의 모든 수녀가 그 안쪽에 모여 있는 것이 보인다. (수녀들은 외부인에게 노출될 때마다 수도복 위에[49] 머리 꼭대기부터 허리께까지 내려오는 검

---

45 그리스도 임종 고난Agonie의 의미를 기리겠다는 각오를 내비친다.

46 여기서 이미 감지되는 두 사람의 영적 결속에 대해서는 '그리스도 임종 고난'이라는 수도명이 원장의 젊은 시절 수도명이기도 했다는 것을 말하는 이하 '장면 11' 참조.

47 외부인이 들어갈 수 없는 구역.

48 한편 '부附신부님'이 현재 가르멜회에서 통용되는 번역어.

은 베일을 쓴다.)[50] 블랑슈는 무릎을 꿇고 전속 사제에게 마지막 강복을 받는다. 이어 안으로 들어가자 문은 도로 닫힌다. 문이 닫히자마자 수녀들은 베일을 걷어 올린다. 원장 수녀와 강생降生의 마리아[51] 부원장 수녀가 블랑슈의 손을 잡고, 다른 수녀들이 성가를 부르며 따라오는 가운데 왕장王杖을 쥐고 왕관에 왕복王服을 갖춘 자그마한 '아기 예수' 성상聖像 아래로 지원자를 인도한다. '영광의 어린 왕'이다.〕

〔장면 6〕

〔2장 3〕

〔가르멜 2층 중앙 복도〕

원장   딸이여, 문을 닫는 것이 규칙입니다……
블랑슈   저…… 저…… 제가 생각하기는…… (목소리를 억

---

49 결국 머릿수건 위에.

50 봉쇄문이 열릴 때 몸을 가리기 위해 추가로 덧쓰는 검은 베일. '봉쇄수건'이라 부르며, 서원 수녀가 쓰는 검은 머릿수건 위에 쓴다.

51 이하 화자 표시 부분에서는 굳이 '수녀'와 구별하여 번역하지 않으나 영어권에서 Mother, 프랑스어권에서는 Mère, 이른바 '어머니'로 부르게 되는 (고참) 수녀. 한편 프랑스어 발음 '마리' 대신 더 널리 통용되는 '마리아'로 부르면 이 극의 장중한 분위기와도 더 걸맞을 듯하다(「일러두기」 참조).

지로 밝게 가다듬으며) 원장님, 아무것도 보이지 않아서 그랬습니다.[52]

원장　자는데 무얼 볼 필요가 있나요?

블랑슈　저…… 저…… 저는 자고 싶지 않습니다.

원장　가르멜의 밤은 짧습니다. 그리고 훌륭한 수녀는 훌륭한 군인처럼 마음먹은 대로 잘 줄 알아야 합니다. 젊고 건강하니 시간이 지나면 몸에 밸 겁니다.

블랑슈　용서하십시오, 원장님……

원장　이런 애 같은 일은 잊어버리도록 합시다……

〔원장은 수방[53]의 문을 닫고 간다. 잠시 더듬거리던 블랑슈는 결국 아주 희미하나마 빛이 새어 들어오게끔 문을 반쯤 살그머니 열어둔다. 원장이 복도로 되돌아오다가 문이 도로 열린 것을 알아채지만 잠시 망설이다가 닫지 않고 그냥 지나간다.〕

〔장면 7〕

〔수녀원 정원. 아주 작은 곳으로 꽃이 가득 피어 있다. 수녀원 외

52　당시 가르멜의 수방修房 안에는 개인 램프가 없었다.
53　수도자의 독방.

곽 담과 송악이며 덩굴식물로 덮인 아주 높은 봉쇄 구역 담 사이에 끼어 있는 이 정원에서의 휴식 시간은 생기발랄하다. 수녀들의 대화 소리가 마치 큰 새장 안 소리 같다. 무척 우아하고 생동감 있는 블랑 슈가 단연 주역이다. 다른 수녀들이 바깥세상 소식이며 여자들은 어 떻게 치장하는지 등등 질문 공세 중이다…… 기쁘면서도 평온하고 안정감까지 느껴진다. 병세가 점점 기울어가는 원장은 이 휴식 시간 에 함께하지 못한다.〕

〔장면 8〕

〔저녁 기도를 알리는 종소리. 수방들이 전부 동시에 열린다. 단 하 나의 방만 닫혀 있는데 원장이 든 간호 병실이다. 블랑슈는 걱정스 러운 표정을 한 채 그 방을 바라보며 지나간다.〕

〔장면 9〕

〔2장 4〕

〔간호 병실. 원장 수녀 머리맡에 강생의 마리아 수녀와 의사.〕

의사　이제 우리로서는 더 이상 할 수 있는 게 없으니 두렵기만 합니다…… 원장님, 원장님은 자신을 너무 가혹하게 대하셨습니다. 그리고 저는 하느님도 아니고……

　　　　…… 원장이 올려다보다가 이내 눈길을 돌리며 나무라는 듯 약간 어린애같이 성급하게 말하는데, 그 말투에 미처 다 감추지 못한 두려움이 엿보인다.

원장　정말 그렇습니까? 확실한가요? 그렇지만 제 생각에는…… 어제는 수프를 싫다는 맘 없이, 아니 맛있게 먹기까지 했어요. 그렇지요, 강생의 마리아 수녀님?

마리아 수녀　원장님 말씀이 맞습니다……

원장　솔직히 말해서, 지난번 고비 때보다 지금이 훨씬 나은 것 같습니다. 저로서는 첫더위만 오면 아주 힘들었어요. 이렇게 이상한 체질은 선생님의 전임자로 고생하신 고故 란늘롱그 선생도 잘 알고 계셨죠. 찌푸리고만 있는 저 하늘에서 소나기가 쏟아져 내리기만 해도 한결 편안해질 테니 두고 보십시오……

　　　　의사와 강생의 마리아 수녀는 서로 눈짓을 한다.

의사　저는 단지 투약을 중단하여 몸을 순리에 맡기는 편이

나을 것 같다는 말씀을 드리려 했습니다, 체액을 '더 이
상 휘젓지 말고'······ 퀴에타 논 모베레.[54]

마리아 수녀　천주께서는 부디 원장님을 우리에게 그대로
두어주시면 좋겠습니다!······

　　　원장의 두 눈은 병실 바닥을 응시하고 있다. 그의
표정은 딱딱하다. 이윽고 혼잣말처럼 말한다.

원장　낫든지 죽든지, 오직 그분 '뜻'대로 되도록 '그분'께
맡깁니다.

〔2장 5〕

의사　원장님 앞에서 생각을 너무 그대로 드러내서 후회됩
니다······

마리아 수녀　조금도 후회하실 것 없습니다. 선생님이 수녀
원들에 대해 좀더 오랜 경험을 가진 분이라면, 온전히
평화롭게 죽는 수녀에는 아주 거룩한 사람 아니면 범속
한 사람, 두 부류뿐임을 아실 터입니다.

---

54 *Quieta non movere*, '안정된 것을 흔들지 말라'라는 현학적 표현을 끌어
와 무력감을 변호하려는 의사의 심리가 드러난다.

의사　하지만 제 생각으로는 '신덕'이……[55]

마리아 수녀　임종자 자신을 안심시키는 것은 '신덕'이 아니라 '애덕'입니다. 아브라함이 자기 아들 이사악을 제물로 바치듯,[56] '신랑'께서 우리를 제물로 바치려고 친히 다가오실 때는 완덕完德에 이르러 아주 완전하든지, 아니면 아주 어리석어야 동요를 느끼지 않겠지요……

의사　용서하십시오…… 제가 생각해온 바는, '평화의 집'에서는……

마리아 수녀　선생님, 우리 수녀원은 '평화의 집'이 아니고 '기도의 집'입니다. 천주께 봉헌된 사람들은 평화를 누리려고 서로 모여 있는 것이 아니라, 남들을 위한 평화를 얻도록 노력하지요…… 남에게 주는 것을 자기가 누릴 시간은 없는 법……

〔장면 10〕

〔2장 6〕

---

55 애덕愛德. 망덕望德과 더불어 향주삼덕向主三德. 차례로 믿음, 사랑, 소망.

56 「창세기」 22.

〔회전접수구.[57] 수녀원 내부의 봉쇄 근처다. 블랑슈와 아주 어린
수녀인 생드니의 콩스탕스는 접수구 담당 수녀가 넘겨주는 식량과
일용품을 받고 있다.〕

콩스탕스 수녀　또 이 징글징글한 누에콩이군요!

블랑슈　밀가루를 독점해버린 사람들 때문에 파리에 빵이
　　부족할 거라고 들었어요……

콩스탕스 수녀　어머나, 우리가 정말 한참 전부터 졸라댄 뭉
　　툭한 쇠다리미가 돌아왔네요! 손잡이가 이번엔 제대로
　　붙어 고쳐진 것 좀 보세요…… 이젠 거룩한 아기 예수
　　의 요안나 수녀님이 손가락을 훅훅 불면서 '이런 고철
　　덩어리로 어떻게 다림질을 할 수 있을까나!' 하시던 소
　　리를 안 듣게 되었어요. '있을까나! 있을까나!' 하실 때
　　마다 난 웃음을 참느라고 입술을 깨물면서도 얼마나 좋
　　은지! '있을까나!' 하시는 그 소리만 들으면 시골 티이[58]

---

57 봉쇄 안팎으로의 물건 접수나 반출은 수녀원 내부와 외부 사이에 있
는 이 회전접수구tour의 빙그르르 돌릴 수 있는 쪽문을 통해 이뤄지는 구
조다. 간략히 접수구. 담당 수녀는 'tour 수녀'라 칭한다.
58 앵드르Indre도에 있는 작은 마을. 작가는 애정 어린 필치로 프랑스 곳
곳의 지명을 환기한다. 세상과 차단된 갇힌 공간으로 세간의 오해를 곧잘
받는 가르멜 담 안에 프랑스 전역에 걸친 고향에 대한 사랑을 안고 찾아

가 떠오르고, 선량한 마을 사람들 생각이 나거든요……
아! 블랑슈 자매,[59] 내가 수녀원에 들어오기 달포 전에
거기서 오라버니 결혼 잔치를 했는데요, 마을 사람들
전부 다 모여서 북 치고 바이올린 켜고 축하용 화승총
을 일제히 발사하는 등 왁자한 가운데 아가씨 스무 명
이 오라버니에게 꽃다발을 건넸답니다. 대미사에, 성관
城館 만찬에, 온종일 춤이었지요. 나는 콩트르당스[60]를
다섯 번이나 신나서 추었답니다. 내가 명랑하게 그 사
람들만큼이나 팍팍 뛰어오르니까 모두가 나를 정말 좋
아했어요……[61]

든 수녀들이 기도하고 생활하고 있다는 것을 부각시키고자 함이다.

59 현대에 들어 수녀들 사이의 호칭은 '수녀님'으로 통일되었지만, 여기
서는 시대를 감안하여 수녀, 자매를 적절히 혼용해 번역한다('장면 19'에
서 모두가 자매임을 강조하는 마르타 수녀의 말 참조). 그리고 베르나노스에
의한 화자 표시도, 예를 들어 '블랑슈 수녀'와 '블랑슈'가 함께 등장하는 것
을 주목하여 이 책에서는 수녀와 자매를 적절히 병행해 옮겼다(그러나 화
자 표시 부분이 사라질, 이를테면 무대나 영화에서는 일괄 '수녀'로 호칭하는
것이 무난할 듯하다).

60 여러 쌍의 남녀가 대형을 이루며 추는 춤으로 영국의 컨트리댄스가
원조.

61 실제 순교자인 콩스탕스 수녀는 농촌 출신이지만 작품에서는 블랑슈
와 같은 2신분으로 그려지는데, 이는 두 사람의 근접성과 차이를 강조하
기 위한 작가적 의도에서 비롯한다. 여기서는 작중 콩스탕스 수녀의 입회
전 가문의 영지, 시골에서 마을 사람들과 허물없이 어울리는 모습이 강조

블랑슈 원장님 상황이 저런데 그런 이야기나 늘어놓는 게
부끄럽지 않나요……

콩스탕스 수녀 오! 자매님, 원장님의 목숨을 구하기 위해서
라면 정말 아무것도 아닌 내 작은 목숨을 기꺼이 바치
겠어요, 네, 정말 바치고말고요…… 하지만 글쎄요, 쉰
아홉이면 이제 돌아가실 만한 나이가 아닐까요?[62]

블랑슈 자매는 죽음을 무서워한 적이 한 번도 없나요?

콩스탕스 수녀 없다고 생각해요…… 아니, 어쩌면 있었던
것 같아요…… 아주 오래전, 그게 무엇인지 알지 못하
던 때에.

블랑슈 그 후에는요……

콩스탕스 수녀 어휴! 블랑슈 자매님! 인생이 이내 너무나 재
미있는 것으로 보였어요! 그래서 죽음도 역시 그러리라
생각했지요……

블랑슈 그럼 지금은요?

되고 있다. 안정된 중산층 가정에서 태어나 입회가 허락되지 않는 어린 나
이에 가르멜에 입회하여 성녀의 반열에 든 소화 데레사를 자못 연상시키
는 콩스탕스 수녀의 면모는 전적으로 베르나노스에 의함을 재차 환기해
둔다.

62 베르나노스의 고해 사제이기도 했던 페즈릴Daniel Pézeril 주교가 적
시했듯이, 베르나노스가 죽음이 임박함을 느끼면서 이 작품을 집필한 나
이가 바로 59세 때의 일이기도 하다.

콩스탕스 수녀 음, 지금은 죽음을 어떻게 생각하는지 나도 모르겠어요. 그러나 삶은 언제나처럼 재미있어 보여요. 나는 분부받은 것은 할 수 있는 한 잘해보려고 하는데 그런 하명下命 자체가 재미있어요…… 사실, 천주를 섬기는 일을 재미있게 받아들인다고 야단맞아야 할까요?……[63] 아이들이 매일같이 보여주듯 재미나게 하는 일은 온전히 진심으로 할 수 있지요…… 쉽지 않은 일도 기꺼운 맘으로 할 수 있는 것과 꼭 같이……

블랑슈 (엄격한 어조로) 맨날 그리 희희낙락하면 천주께서 염증을 내면서, 폴리뇨의 안젤라 성녀[64]에게 말씀하셨듯 언제고 자매더러 '내가 너를 사랑한 것은 웃자고 함이 아니었다……'라고 하실지 겁나지도 않아요?

      콩스탕스 수녀는 어린 얼굴을 괴로운 듯 찡그리며 말문이 막혀 블랑슈를 쳐다보다가 이윽고 입을 뗀다.

---

63 콩스탕스 수녀는 복음적 의미의 '어린이 정신'의 구현자임이 자연스레 드러난다.

64 이탈리아 아시시 근처 폴리뇨Foligno에서 출생한 성녀(1248~1309)로서 프란치스코 제3회 회원, 신비가. 이 성녀와 지금 대목에서 그를 언급하고 있는 가르멜 수녀들의 시성이 각기 700여 년 후(2013), 230여 년 후(2024)에 우리 시대의 같은 프란치스코 교황에 의해 모두 시성된 것은 몹시 각별하게 여겨진다.

콩스탕스 수녀　블랑슈 자매, 미안합니다만 자매가 방금 일부러 나를 괴롭힌 것 같다는 생각이 들어요.

　　　침묵.

블랑슈　네, 맞아요, 자매의 생각이 틀리지 않았어요…… 나는 부러워서 그랬던 겁니다……

콩스탕스 수녀　내가 부럽다니! 아이 정말! 내가 여태 들은 말 중에서 제일 이상한 말이네요! 존경하는 원장님의 죽음에 대해 그렇게도 경솔하게 말했으니 회초리를 맞아 마땅할 텐데 그런 내가 부럽다니요…… 수녀원장의 죽음이란 대단히 중대한 것이죠…… 나는 대단한 분들의 죽음을 익히 본 적이 없어요. 집안 숙부 들로르주 공작님은 여든에 돌아가셨는데 심각한 죽음은 아니었어요. 그저 성대한 장례식이었을 뿐이지요. 오라버니 둘은 전장에서 죽었고, 로안 가문[65]의 사촌 오라버니는 당피에르[66]의 우리 산에서 단검으로 사슴을 겨누다가 죽었어요. 그리고 '월광月光'이라는 별명[67]으로 불린 조쿠

---

65 귀족 가문의 하나.
66 북동부 오브Aube도의 한 마을.

르 사촌 오라버니는 미국 봉기[68] 때 미시시피강에 빠져
죽었어요…… 이분들은 말하자면 모두 놀던 중에 죽은
셈이죠. 자질 갖춘 분들[69]은 더하고 덜한 차이는 있어도
언제나 그렇죠. 우리는 쥐가 쏠아 먹은 작위나 귀족 칭
호에서 우리가 세상에서 차지하는 지위를 내려받은 게
아니라, 죽음을 다른 놀음과 똑같이 여겼던 분들에게서
받은 거죠……[70] 아! 블랑슈 자매, 내가 아까 그렇게도
경솔하게 말했으니, 내 잘못을 기워 갚는 것을 도와주
세요. 무릎을 꿇고 우리 불쌍한 두 목숨을 원장님을 위
해서 바칩시다.

블랑슈　　무슨 유치한……

콩스탕스 수녀　　아뇨! 천만에요. 블랑슈 수녀님, 난 정말 영
혼의 영감을 받아 말합니다.

블랑슈　　나를 정말 놀리는군요……

콩스탕스 수녀　　별안간 든 생각이지만 조금이라도 잘못이
있다고는 생각지 않아요. 나는 늘 젊어서 죽기를 원했어

67　그가 누빈 북미 대륙의 인디언 이름을 연상시키는 풍운아다운 별명.

68　프랑스가 군사적 지원을 한 미국 독립혁명 기간(1775~1783)에 대한
세칭.

69　참다운 귀족을 에둘러 표현.

70　진정한 귀족이라면 죽음을 두려워하지 않는 용기를 지녀야 마땅하다
는 뜻.

요. 아무 애착도 느끼지 않게 되거나 그저 습관으로, 다른 도리 없이 끈질긴 습관으로나 부여잡고 있게 될 목숨[71]을 천주께 바치게 되면 그거야말로 큰 불행이겠죠.

블랑슈   그 황당한 연극에 내가 왜요?

콩스탕스 수녀   그럼…… 그럼 말하겠는데요, 처음으로 자매를 보았을 때 나는 하느님이 내 간구를 들어주셨다는 걸 깨달았어요……

블랑슈   (격해져서) 무슨 기도를 들어주셨다는 겁니까?

콩스탕스 수녀   저어…… 하지만 지금은 블랑슈 자매가 나를 어리둥절하게 만들어서…… 그렇게나 이상한 눈으로 나를 쳐다보니……

블랑슈가 그 앞으로 다가선다.

블랑슈   그 우스꽝스러운 다리밀랑 내려놓고 내 말에 제대로 대답해주세요.

콩스탕스는 얌전하게 다리미를 다림판 위에 내려놓는다. 그의 예쁜 얼굴은 고통으로 찡그려진다. 그러나 여전히 어린이다운 평온한 표정을 간직하고 있다.

---

71 노경老境의 목숨.

콩스탕스 수녀　　그럼…… 말하지요. 나는 천주께서 나를 늙게 버려두지 않으시고, 우리가 같은 날 함께 죽는 은혜를 주시리라는 것을 깨달았어요. 그 일이 언제 어디서일지 모르고 지금도 모른 채 말입니다…… 그건 흔히들 말하는 예감이라는 것이지, 그 이상의 것은 아닙니다…… 지금 자매가 그렇게나 성내는 것을 보고서야 그…… 그것을 중히 여기게 되었어요……

블랑슈　　어리석고 미친 생각을 말이지요! 자기 목숨으로 어떤 사람의 목숨이든 속량贖良할 수 있다고 생각하는 것이 부끄럽지도 않습니까?…… 자매는 악마급으로 교만해요…… 자매는…… 자매는…… 나는 자매가 그러는 것을 금합니다……

　　　　블랑슈는 말을 잇지 못한다. 콩스탕스는 무언지는 미처 다 모르지만 이제 이해하기 시작한 듯, 그 얼굴에서 괴로운 경악의 표정이 차츰 지워진다…… 그러면서 블랑슈의 황망한 눈길을 꿋꿋이 받아내니 블랑슈는 시선을 피하고야 만다. 콩스탕스는 상냥하면서도 애조 어린 목소리로 가슴을 찌르는 듯한 위엄마저 보이며 말한다.

콩스탕스 수녀　나는 수녀님의 마음을 아프게 할 뜻은 전혀 없었습니다……

장면 11

〔2장 7〕

〔간호 병실. 강생의 마리아 수녀가 원장 머리맡에 있다.〕

마리아 수녀　며칠 전부터 그가 제의실 일을 대신하고 있어요. 금방 이리 올 겁니다……

　　　　원장은 침대에 누워 있다. 이 장면이 전개되는 내내 그의 몸짓과 태도는 고뇌 어린 얼굴의 거의 넋 나간 표정과 대조를 보인다.[72]

원장　이 쿠션을 좀 세워주시지요…… 나를 안락의자에 앉

---

72 실제로는 이 원장도 다른 동료 수녀들과 함께 순교했다. 겉보기에 이루 말할 수 없는 치욕적 임종을 겪는 모습으로 그려진 것은 전적으로 그런 죽음의 배면에 깃든 깊은 영성을 통찰하는 작가에 의한다. 그만큼 이 임종 장면은 베르나노스적 문학과 신학의 핵심을 보여준다.

히는 것을 자블리노 선생도 허락하지 않을까요? 정신이
이리 멀쩡한데, 큰물에 휩쓸렸다가 건져 올려진 사람처
럼 이렇게 누워서 내 딸들을 대해야 하니 몹시 괴롭습
니다…… 아! 내가 누구에게 뭘 감추려고 그러는 것이
아닙니다! 다만, 이렇게 비참할 정도로 용기가 부족할
때는 몸가짐이라도 수습해서, 안색으로 상태를 살피려
는 다정한 이들에게 어긋난 처신을 보이지는 말아야겠
지요.

마리아 수녀 원장님, 저는 원장님의 불안한 상태가 지난밤
에 많이 가라앉았다고 생각했습니다만……

원장 잠시 정신이 잠든 것뿐이었습니다. 그렇게 잠시였어
도 천주께 감사드립니다! 죽어가는 내 모습이 그때만
큼은 안 보이더군요. 사람들이 그저 뱉는 말로 '죽는 것
을 본다'고들 하지요…… 그런데 수녀님, 내게는 죽어
가는 내 모습이 정말 보여요.[73] 아무리 애써도 그 영상
에서 벗어날 수가 없군요. 정말이지 모두의 간호에 고
맙고 그에 보답하고 싶습니다만, 그런 돌봄도 아무 도
움이 되지 못하는군요. 내게는 이제 수녀님들이 과거의
영상이나 추억과 구별되지 않는 그림자에 지나지 않습

---

[73] 원장답게 모범적 죽음을 맞이하지 못하는 자신의 모습을 지켜본다는
데 대한 엄청난 시련의 토로.

니다. 마리아 수녀님, 나는 외롭습니다. 아무 위로도 없이 정말 외롭습니다. 머리로야 얼마든지 안심되는 생각을 짜낼 수 있으나 그것도 허깨비에 불과합니다. 벽에 비친 양¥ 다리 고기 그림자가 배를 부르게 할 수 없듯이 그 생각들도 내게 힘을 주지는 못하는군요.

솔직히 말씀해주세요! 무감각하게 축 늘어진 이 두 다리만 아니면 별로 위험한 상태가 아니다 싶습니다만…… 자블리노 선생은 내게 남은 날을, 그래 며칠로 보시던가요?

강생의 마리아 수녀는 침대 머리맡에 무릎을 꿇은 후, 지니고 있던 십자고상苦像을 원장 입술에 살그머니 가져다 댄다.

마리아 수녀 원장님 체질은 그분이 본 중에서 가장 튼튼한 편이랍니다. 원장님의 임종이 길고 어렵지 않을까 염려하고 계셔요. 그러나 천주께서……

원장 천주님 '그분'도 그저 그림자처럼 되고 말았습니다…… 아아! 내가 서원誓願한 지 30년이 넘고, 원장 소임을 맡은 지는 열두 해나 됩니다. 그리고 일생 매시간 죽음을 묵상해왔어요. 그런데 그 모든 것이 지금 와서는 아무 소용이 없군요!……

긴 침묵.

블랑슈 들라포르스가 많이 지체하는 것 같군요?

침묵.

어제 회의 이후로 블랑슈는 여전히 자기가 택한 수도
명을 가지고 싶어 하던가요?

마리아 수녀　예. 원장님만 좋다고 하면, 역시 '그리스도 임
종 고난의 블랑슈 수녀'라고 불리고 싶답니다. 원장님
은 이 선택에 몹시 놀라신 것 같았는데요?

원장　그것이 내 첫 수도명이었기 때문입니다. 그때 우리 원
장님은 마담[74] 아르누였는데, 연세가 여든이었습니다.
그분이 이렇게 말씀하셨지요. "당신 힘을 잘 알고 있어
야 합니다. 겟세마니 동산에 들어가는 사람은 거기서
도로 나오지 못하는 법. 끝까지 '지극히 거룩하신 임종
고난'의 포로[75]로 있을 용기를 느낍니까?……"라고요.

---

74 존칭.

75 작가의 영적 완숙기 대표작 『어느 시골 신부의 일기』에서 몰이해에
시달리는 성인 면모의 주인공 신부도 자신을 이렇게 고백한다. 정영란 옮
김, 민음사, 2009, 321쪽 참조.

긴 침묵.

　그리스도 임종 고난의 블랑슈 수녀를 이 '집'에 받아
들인 것은 나입니다. 이 일에는 내 책임이 있어요. 그래
서 다른 이에게 내 직책을 넘기기 전에 이 일을 처리하
고 싶습니다.

침묵.

　우리 딸들 가운데서 그이만큼 걱정되는 이가 없어요.
블랑슈를 수녀님 사랑에 그저 맡길까도 생각했지요.[76]
그러나 성찰 끝에 천주께서 원하신다면, 원장으로서
의 내 마지막 행위가 될 바를 말씀드립니다. 마리아 수
녀님……

마리아 수녀　네, 원장님?……

원장　나는 순명의 이름으로 블랑슈 들라포르스를 수녀님
에게 공적公的으로 의탁합니다. 천주 대전臺前에 그에 대
한 책임을 지십시오.

마리아 수녀　네, 원장님.

---

76 개인적인 사랑의 보살핌. 이하 공적인 의탁과 대조된다.

원장　아주 확고한 판단과 기개가 필요한 일입니다. 바로 이것들이 그에게는 결여되어 있고, 수녀님께는 넉넉히 있다고 믿습니다.

　　　　침묵.

　　우리의 이 직무를 다하는 데 있어 수녀님도 본성에서 나오는 어떤 충동을 극복해야 할 일이 발생하지 않도록 잘 살피십시오. (마리아 수녀, 몸을 흠칫한다.) 오! 내가 무슨 말을 하는지 잘 알고 있습니다! 우리 신분과 어느 정도 비슷한 블랑슈 들라포르스[77] 같은 이에 대한 수녀님의 견해는, 수도 생활을 통해 다듬어졌을지언정 완전히 떨치지는 못한 세상의 인습적 사고방식에 어느 정도 영향받을 수밖에 없을 테지요.

마리아 수녀　(망설이다가 솔직하게) 하나하나 틀림없는 말씀입니다. 원장님은 언제나처럼 제 속을 환히 들여다보십니다. 우리 불행한 귀족들과 군왕마저 온 사방에서 모함을 당하고 있는 시절인지라, 지체 높은 집안 따

---

[77] de la Force. 굳건한 '힘을 가진'이라는 뜻. '힘force'은 성령칠은 중 하나이기도 하고, 사추덕四樞德(현명, 정의, 용기, 절제)의 하나인 용기 곧 용덕勇德을 가리키기도 한다.

님도 경우에 따라서는 용기를 잃을 수 있다고 생각하는 제가 부끄럽습니다.

원장　네. 폭풍우가 이 '집'을 덮치면, 우리가 지닌 덕보다 더 귀중한 덕을 발휘하여 이 '공동체' 전체를 바르게 이끄는 일은 분명 다른 이들[78]에게 속하게 될 것입니다. 그렇다 하더라도 이 '공동체'는 적어도 우리에게서 어떤 확고한 태도의 모범을 기대할 권리가 있습니다. 아무튼! 처음 만났을 때부터 이미 숙고해서 택해둔 수도명을 내게 고백한 것을 보면, 블랑슈 들라포르스는 '지극히 거룩하신 임종 고난'의 표상 아래 자신의 위치를 정한 것으로 판단됩니다. 블랑슈가 수녀님 휘하에서도 여전히 그 위치를 간직하기를 바랍니다! 아아! 수녀님, 내가 이렇게 굴욕스러운 상태에 처하게 되니, 세속적 영예 원칙이라는 것이 가엾은 가르멜의 딸들에게 끼치는 영향은, 옛 율법이 우리 주 예수 그리스도와 그 사도들에게 미친 영향과 같은 것이라는 걸 더 쉽게 이해하게 되었습니다. 우리가 여기 있는 것은 그것을 없애버리기 위해서가 아니라, 오히려 그것을 초월함으로써 완수하

---

78 원장이나 강생의 마리아 수녀는 당시 2신분인 귀족 출신이다. 원장의 사후, 공포정치하의 수도 공동체를 이끌어갈 새 원장은 3신분에 속하는 평민 출신이 뽑히게 됨을 예견한 발언.

려는 것입니다.[79]

문 두드리는 소리가 들린다.

원장 왔군요. 들어오라고 하세요.

〔2장 8〕

강생의 마리아 수녀는 문까지 가서, 블랑슈가 들어
올 수 있도록 몸을 비켜 병실에서 나간다. 블랑슈는
침상 곁으로 와서 무릎을 꿇는다.

사랑하는 따님, 일어나시오. 당신과 시간을 충분히
갖고 이야기 나누려 했지만, 앞선 대담으로 벌써 몹시
피곤하군요. 날 그렇게 쳐다보지 마세요. 지금 마주하
고 있는 상황은 지극히 평범한 일에 불과합니다. 어린
따님, 가르멜에서 한 수녀가 생에서 사로 넘어가는 일
은 그저 공동 작업이나 성무일도聖務日禱[80] 시간이 조금
바뀌는 것으로만 표시 날 일일 뿐이어야 합니다……

---

79 「마태오 복음서」 5, 17~20 참조.
80 수도자들이 하루에 일곱 번 정해진 시간에 바치는 시간경時間經.

블랑슈   오! 원장님, 저를 버리지 마십시오!

           침묵.

원장   수녀님은 제일 나중에 들어온 사람이기에 내 마음에
서 가장 소중합니다. 그래요, 내 딸 중에서 마치 늘그막
에 얻은 아이처럼 제일 귀하지만, 온갖 변수에 위험도
제일 많이 겪기 마련이지요. 그런 위협을 물리치는 일
이라면 이 보잘것없는 생명이라도 대신 바쳤을 것입니
다. 그럼요! 바쳤고말고요……[81]

           블랑슈는 다시 털썩 무릎을 꿇고 흐느껴 운다. 원장
           이 그의 머리에 손을 얹는다.

원장   그런데 지금은 내 죽음, 참으로 보잘것없는 죽음밖에
줄 수 없군요……

           침묵.

---

[81] 타인을 위한 자신의 희생 혹은 봉헌은 가르멜 영성의 특성으로 아빌
라의 데레사가 각별히 강조한 정신이자, 결국 '성인들의 통공' 교리의 반
영이다.

천주의 영광은 당신의 성인들과 용사들[82]과 순교자들을 통해 드러나듯이 그의 가난한 자들 안에서도 드러납니다.[83]

블랑슈　가난은 무섭지 않습니다.

원장　오! 가난에는 더없이 비참한 것까지 여러 층이 있습니다. 당신은 그것을 실컷 맛보게 될 것입니다……

　　침묵.

나의 따님, 무슨 일이 있더라도 순박함에서 벗어나지 말기 바랍니다. 좋은 책들[84]을 읽어보면, 천주께서 성인들을 시험하시는 것이 마치 대장장이가 쇳덩이의 강도를 가늠하려고 그것을 내려치는 것과 같아 보이기도 합니다. 그런가 하면, 가죽 다루는 이는 사슴 가죽이 얼마나 부드러운지 알아보려고 손바닥으로 당겨보기도 하죠. 사랑하는 따님, 당신은 언제나 이처럼 '그분' 손안에서 부드럽고 마음대로 다룰 수 있는 그런 대상이 되시

---

82 용덕의 영웅들.

83 성인, 용사(영웅), 순교자, 가난한 이는 베르나노스에게 어린이와 더불어 등가等價된다.

84 수도자들이 가까이하는 성인전, 영성 서적을 평범하게 말한 것.

오![85] 성인들은 유혹에 뻣뻣하게 굴지 않았고 자기 자신에게 반항하지도 않았습니다. 반항이라는 것은 항상 마귀 것입니다. 무엇보다 당신 자신을 절대로 경멸하지 마시오! 우리 안에 계신 천주를 거역하지 않으면서 자기를 경멸하기란 대단히 어렵습니다. 이 점에 있어서 우리는 성인들의 어떤 말씀은 문자 그대로 해석하지 않도록 조심해야 합니다. 자기 자신을 경멸하면 곧장 절망으로 미끄러져 들게 될 겁니다. 이 말들, 지금은 알기 어렵더라도 잘 간직하세요. 우리 마음에서는 도리질하지 않았어도 우리 입술에는 두 번 다시 올리지 않을[86] 단 한마디 말로 이 모두를 간추리자면, 어떤 상황에서건 당신의 영예는 주께서 친히 지켜주신다는 것을 생각하길. 천주께서 당신의 영예를 맡으셨으니, 당신 손에 있는 것보다 그분 손에 있는 것이 더 안전합니다. 이제 일어서십시오. 당신을 하느님께 맡기며 강복합니다. 내 막내 따님, 안녕히……

---

85 강직함과 유연성 발휘라는, 성덕 수행의 대조적인 두 방향에 대한 비유를 든 후 블랑슈에게는 후자를 권면한다.

86 말하는 사람과 듣는 사람 다 귀족 출신으로, 작금에 닥쳐 도전받고 있는 '영예'의 정신을 수도자로서 어떻게 지켜낼 것인가에 대한 결론을 꺼내면서 하는 말.

〔블랑슈 나간다.〕

〔2장 9〕

　　　　　〔강생의 마리아 수녀가 의사와 함께 간호 병실에
　　　　　들어와 원장 곁으로 온다.〕

자블리노 선생님, 약을 한 번만 더 주십시오.

자블리노　원장님은 그 약을 더 받아내지 못할 겁니다.

원장　자블리노 선생님, 우리 수녀원에서는 원장이 '공동체'에 공식 작별을 고하는 것이 관례라는 걸 알고 계시지요. 그 예식을 오늘 10시로 정했다는데, 그렇게 정한 건 선생님 진단에 따른 것이겠지요?

자블리노　저는 그저 견해만 드렸을 뿐입니다. 그러나 솔직히 말씀드리면, 벌써 몇 시간 전부터 제 의술은 원장님께 아무 소용이 없게 되었습니다. 정확한 운명 시간조차 예측 불가능한 형편입니다.

마리아 수녀　원장님이 언급하시는 예식은 뒤로 미룰 수 있습니다.

원장　아, 네! 분명 내가 꼼짝도 할 수 없게 될 때까지 말이죠…… 수녀님, 그건 안 됩니다. 안 돼요. 내가 모범을 보여주어야 할 죽음과는 몹시 다른 이런 꼴의 죽음에 대해 용서조차 청하지 못하고 내 딸들과 헤어지게 하실 정도까지 천주께서 나를 저버리지는 않으시리라 믿습니다. 암요, 천주께서는 제게 작별하는 은혜는 허락하실 겁니다…… 마리아 수녀님, 자블리노 선생님을 설복시켜주십시오. 그 물약이든 다른 약이든 뭐라도 좋습니다! 아! 수녀님, 좀 보십시오, 잠시 후 내가 이런 얼굴을 하고 딸들을 대해야 합니까?

마리아 수녀　어쩌면 겟세마니 동산의 온유하신 우리 주님 얼굴[87]일 겁니다.

원장　그래도 제자들은 자고 있었으니 천사들만 그 얼굴을 뵈었지요.

마리아 수녀　이렇게 원장님의 임종을 통해 인간이 눈으로 미처 보지 못한 '지극히 거룩하신 임종 고난'에 참여한다는 큰 영광을 누릴 자격을, 저희는 갖추지 못한 자들입니다…… 아! 원장님, 이제 저희 걱정은 마십시오! 오직 천주께만 마음을 쓰십시오.

원장　이토록 비참한 내가 무엇이기에 이런 시간에 '그분'께 마음을 씁니까! '그분'께서 먼저 내 걱정을 해주셔야지요!

마리아 수녀　(거의 엄혹하게) 원장님은 착란상태이십니다.

---

87 피땀이 흐르도록 참혹하나 죽음을 순명으로 받아들인 얼굴.

원장의 머리가 무겁게 베개로 도로 떨어진다. 거의 동시에 가쁜 숨소리가 들린다.

　그 창문을 제대로 닫으시오. 우리 원장님은 이제 당신이 하는 말에 책임이 없는 상황에 드셨습니다. 그러나 그 말을 잘못 듣고, 그 누구도 걸려 넘어지지 않게 조처하는 게 신중한 일이겠지요…… 이 시간에 정원에는 아무도 없겠지만, 그래도 세탁장에서 우리 수녀님들이 얼마든지 들을 수 있을 테니까요.

　창문을 닫고 덜덜 떨며 돌아오는 젊은 수녀에게

　자! 십자가의 안나 수녀, 심약한 여인네처럼 지금 정신 줄을 놓으면 안 됩니다. 무릎 꿇고 기도를 드리시오. 그것이 강심제보다 나을 겁니다.

　마리아 수녀가 말하는 동안 원장은 거의 몸을 일으켜 앉아 있다. 똑바로 응시하는 눈길. 다음 말을 마치기 무섭게 아래턱이 내려앉는다.

원장　강생의 마리아 수녀님! 마리아 수녀님……

강생의 마리아 수녀 흠칫한다.

마리아 수녀   원장님?

원장   (낮고 갈라진 목소리로) 나는 방금 우리 가대소歌隊所[88]가 텅 비고 모욕당하는 것을 보았습니다. 아! 아! 제대가 두 동강 나고, 제구祭具들이 바닥으로 떨어져 뒹굴고, 지푸라기와 피가 돌바닥을…… 아! 아! 천주께서 우리를 버리시다니! 천주께서 우리를 저버리십니다!

마리아 수녀   혀를 제어할 수 없는 상태겠지만, 원장님, 그래도 제발 그런 말씀은 하지 마시길 간청드립니다……

원장   아무 말도 하지 말라고…… 아무 말도 말라고…… 내 말이 뭐 그리 대수인가요! 나는 이제 내 얼굴도 혀도 어떻게 할 수 없군요. 밀초로 된 가면처럼 끔찍한 고통이 내 피부에 찰싹 붙어 있어요…… 아! 손톱으로 이 가면을 뜯어낼 수 있다면!

마리아 수녀   원장님이 보신 영상은 정신이 착란에 빠진 탓임을 이해하셔야만……

원장   헛소리라니요! 정신착란이라니요! 수녀님은 이런 식

---

88 수녀원 성당의 반은 봉쇄 밖, 반은 안에 위치하는데 봉쇄 안 내부 성당을 특히 이르는 말. 가대소를 포함한 성당 전체의 약탈에 대한 환시.

으로 착란에 빠진 사람을 본 적 있습니까? 아! 정말이지 모래 자루처럼 여기 널브러져 있는 몸덩이지만, 아직 여러 날 더 괴로움을 받아낼 만한 힘이 남아 있습니다.

마리아 수녀   본성과 겨루는 이런 싸움을 이 이상 끌지 마십시오.

원장   본성과 겨뤄 싸운다. 내가 평생 그것 말고 다른 일을 한 적이 있습니까? 내가 그것 말고 다른 일을 할 줄 알던가요? 한데 지금 나는 함정에 빠졌군요. 불쌍하기도 하지! 내 딱한 육체에 줄 수 있었던 아주 정당한 위안마저 그토록 치열하게 거부해왔는데, 이제 감각마저 마비된 이 탈진한 짐승에게 내가 정녕 첫 굴복을 해야겠습니까?

마리아 수녀   아아! 원장님, 누가 원장님을 딱하다 하지 않겠습니까!

원장   우선 내가 나를 딱하게 여길 수 있으면 좋겠습니다!

　　　　원장은 이상한 신음을 내고 머리는 다시 베개로 떨어진다. 마리아 수녀는 몸을 굽혀 원장의 두 눈이 감긴 것을 보고 잠시 망설이다가 서둘러 동료 수녀들에게 간다. 그가 목소리를 낮추어 말하는 동안, 원장은 천천히 눈꺼풀을 든다. 이상한 헐떡거림도 완전히 멈추지는 않았다.

마리아 수녀　수녀님들에게 가서 오늘은 원장님을 뵐 수 없
다고 이르시오. 10시는 평소처럼 휴식 시간입니다.

　　　　벌써 죽음으로 굳어가는 듯한 원장의 얼굴에서 시
선만은 끊임없이 움직인다. 마리아 수녀가 갑자기 돌
아선다. 임종을 맞은 자의 시선과 살아 있는 자의 시
선이 서로 마주한다. 원장의 헐떡임이 점차 느려지다
가 분명 죽을힘을 다한 덕분에 이윽고 결연히 멈춘다.
긴 고요. 그러다가 큰 목소리로

원장　강생의 마리아 수녀님, '거룩한 순명'의 이름으로 수
녀님에게 명령합니다……

장면 12

〔2장 10〕

화면이 별안간 바뀐다. 블랑슈가 막 잠자리에 든 길이다.

{조종弔鐘 소리. 온 수녀원에 비통한 부르짖음이 울린다. 원장이 임
종 단계에 접어든 것이다. 겁에 질린 블랑슈는 수방에서 나와 불빛

쪽으로 간다. 수녀들이 간호 병실 문 앞에 꿇어 있다.}

　침대 위에 무릎 꿇은 자세로 일으켜 세워놓은 원장이 보인다. 그러나 그가 하는 말은 거의 들리지 않는다. 일그러진 얼굴이 블랑슈 쪽으로 돌려진다. 원장이 블랑슈를 부른다는 것을 수녀들은 알아차린다. 그러자 바로 한 수녀가 블랑슈에게 다가온다.

그 수녀　원장님께서 침대 곁으로 오라십니다.

　　　블랑슈는 돌처럼 굳어서 그대로 서 있다. 부르러 온 수녀가 그를 떠밀다시피 한다. 블랑슈는 몽유병자 같은 걸음으로 침대를 향해 간다.

*

*　　*89

　　　화면이 바뀌며, 이제 블랑슈가 원장 곁에 있다. 혼란 상태. 여러 수녀가 동시에 말을 한다. 강생의 마리아 수녀는 **'이건 정신 나간 짓입니다**…… **허락하지 말아야 합니다**……' 하고 여러 번 뇐다. 죽어가는 원장을 무릎 꿇은 자세로 세워놓는 게 점점 더 어려워진다. 무릎 꿇고 있던 수녀 두 명이 일어나 원장의 몸을 지탱하고 있는 동료들을 도우러 온다. 원장의 입술은

---

89 (원주) 베르나노스에 의한 장면 분할 표시.

끊임없이 움직인다. 블랑슈는 창백한 얼굴을 여러 번 원장 쪽으로 숙인다. 그러나 동요된 나머지 거의 알아듣지 못하는 것이 분명하다. 그러자 원장 옆에 있는 수녀들이 자기들이 알아들은 토막말을 그의 귀에 자꾸만 서로 되풀이해주려고 애를 쓴다. '**용서를 청한다**…… **죽음**…… **공포**…… **죽음의 공포**……'라는 말이 들린다. 나중에는 임종자의 몸을 떠받치고 있던 수녀들이 점점 더 어쩔 줄 몰라 하며 분주해진다. 어떻게 해도 임종자의 몸은 침대로 서서히 고꾸라진다. 마침내 동요를 극복한 블랑슈가 간신히 운을 뗀다.

블랑슈　원장…… 어머님이…… 원하시는 것은…… 원하시는 것은……

　　　　수녀 여럿이 그에게 뭔가 소리친다. 황망한 얼굴의 그는 입을 다물었다가, 어떻게 말을 이을까 애쓰다가 절망감이 외려 안겨준 안도감 어린 목소리로

블랑슈　원장님은…… 원하셨어요…… 원하셨던 것 같아요……

　　　　그러나 그는 그만 무릎을 탁 꿇으며 흐느껴 울면서

침대 시트에 얼굴을 파묻고 만다.

장면 13

〔2장 11〕

{수녀들의 가대소. 작고한 원장은 뚜껑을 닫지 않은 관 속에 안치되어 있다. 가대소 중앙, 창살 문 가까이다. 밤이 된다. 관 둘레에 놓인 촛대 여섯 개만이 가대소를 비추고 있다. 관 양쪽에 장궤틀[90]이 하나씩 놓여 있다. 블랑슈와 생드니의 콩스탕스가 고인의 시신을 지키고 있다. 「시편」을 낭송하는 소리. 초의 불빛이 원장의 얼굴을 기묘하게 비춘다. 이윽고 생드니의 콩스탕스가 블랑슈를 혼자 남겨두고 교대할 수녀들을 부르러 간다. 시신 앞에 홀로 있던 블랑슈는 겁이 나서 도망치는데 문에 당도했을 때 강생의 마리아 수녀와 마주친다. 그는 블랑슈의 동요 상태를 감지한다.}

마리아 수녀   무얼 하고 있나요? 밤샘 당번이 아닙니까?

---

90 상체는 세운 채 무릎은 꿇고 합장한 손을 얹고 기도할 수 있게 주로 목재로 만든 틀. 기도대. 장궤長跪 기도는 경신敬神의 예를 몸으로 표현하는 자세의 기도다.

블랑슈　저는…… 제가 맡은 시간은…… 벌써 지났습니다,
어머님.

마리아 수녀　그게 무슨 말입니까? 교대할 인원이 성당에 와
있습니까?

블랑슈　저…… 콩스탕스 자매가 부르러 갔습니다…… 그
래서……

마리아 수녀　그래서 겁이 나서는……

블랑슈　문까지 간다 해서 잘못은 아니라고 생각했습니다.

마리아 수녀　(블랑슈가 도로 제자리로 가려는 것을 보고)
아니, 따님, 됐어요! 이미 나왔는데 도로 가지는 마시
오…… 궐한 임무는 궐한 임무이니 더는 생각하지 마
시오. 몹시도 동요되었군요! 하기는 밤기운이 차가우니
떠는 것은 무서워서라기보다 추워서 그런 것이겠지요.
내가 직접 방까지 데려다주겠습니다.

두 사람은 블랑슈의 수방 앞에 서 있다.

이제 이 조그만 사건을 자꾸 생각하지 마시오…… 자
리에 누워 십자성호를 긋고 바로 자도록 하세요. 다른
성무일도 기도를 정식으로 관면해주겠습니다. 내일이
되면 잘못으로 인한 부끄러운 마음보다 괴로운 마음이
더 일 것입니다. 바로 그럴 때 천주를 더 거스를 염려

없이 이번 잘못에 대한 용서를 그분께 빌 수 있을 것입
니다.

블랑슈는 무릎을 꿇고 그의 손에 입을 맞추려 한다. 강생의 마리
아 수녀는 블랑슈가 내민 손을 휙, 어쩌면 좀 지나치게 황급히 물리
치고는 자기 손으로 천천히 문을 도로 닫으며 하직 인사인지 강복인
지 모를 어렴풋한 손짓을 한다.

장면 14

〔3장 1〕

{새 원장 선거일. 수녀원 정원에서 블랑슈와 콩스탕스는 회랑 밑
에 있는 크루아시 원장[91]의 무덤에 세울 꽃 십자가를 거의 다 만들
었다.}

콩스탕스　블랑슈 자매, 우리가 만든 십자가가 너무 크고 굵
　　　은 것 같아요. 불쌍한 우리 원장님의 무덤은 저렇게 작
　　　은데!

91　전임 원장의 세속명. 마담 드크루아시.

블랑슈　남은 꽃은 이제 어떻게 하지요? 제라르 자매님은 그것을 성당에 가져가 꽂지 않으실 테고. '가르멜 수녀들의 성당은 성체축일의 가설架設 제대[92]가 아닙니다,' 이렇게 말하시더군요.

콩스탕스　그럼, 우리 새 원장님을 위한 꽃다발을 하나 만들어요.

블랑슈　강생의 마리아 어머님이 꽃을 좋아하시는지 모르겠어요.

콩스탕스　아아! 그럼 얼마나 좋을까!

블랑슈　그분이 꽃을 좋아하면 말입니까?

콩스탕스　아니요, 블랑슈 자매, 그분이 원장님이 된다면 말이에요. 내가 이 지향을 두고 열심히 기도를 드렸으니 천주께서 들어주실 겁니다. 확신합니다.

블랑슈　콩스탕스 자매는 언제나 천주께서 자매 맘대로 해주실 줄로 믿는군요!⋯⋯

콩스탕스　그럼 안 되나요? 블랑슈 자매, 어쩌겠어요, 사람은 다 제각각 하느님을 자기 마음대로 그려보는데, 그걸 따져서 어쩌게요? 불행히도 '그분'을 믿지 않는 사람들도 있으니, 나는 진심으로 그들을 불쌍하다고 생각해

---

92 행렬 행진을 하며 성대히 기념하던 성체축일에는 수많은 꽃으로 임시 야외 제대를 장식했다.

요…… 그렇지만…… 이런 말은 차마 하기가……

블랑슈　그래도 하고야 말겠죠, 콩스탕스 자매…… 그러니 얼른 말해버려요.

콩스탕스　그럼 그러죠. 나는 기계공학자, 기하학자, 물리학자 같은 신을 믿느니 천주를 아예 믿지 않는 편이 덜 딱한 일이라는 생각이 간혹 들어요. 천문학자들이 무어라 해도 어림없습니다. 나는 '창조계'가 기계장치와 비슷해 보이는 건, 멀리서 볼 때 진짜 물오리가 보캉송[93]의 '물오리'와 비슷해 보이는 것과 마찬가지라고 생각해요. 그러나 세상은 기계장치가 아니고, 또 천주께서는 기계공학자도, 회초리를 든 교사도, 정의의 천칭 저울을 든 재판관도 아니십니다. 그렇지 않다면 '주님'께서는 '심판' 날, 신중하다느니 판단이 정확하다느니 내세워가며 계산에 엄격한 자들[94]의 의견을 들으실 거라고 예상해야겠죠. 블랑슈 자매, 생각만 해도 끔찍하죠! 잘 알다시피 그런 이들은 성인들을 언제나 미친 사람 취급했지만, 성인들이야말로 정말로 천주의 벗이요, 보좌들이거든요……[95] 그래서……

93　Vaucanson, Jacques de(1709~1782). 그르노블 출신의 기계설계자. 소화 과정이 들여다보이는, 도금한 구리로 된 '물오리' 자동인형을 고안해 유명세를 누렸다.

94　요컨대 심각병에 걸린 바리사이적 존재들.

블랑슈   그래서요?

콩스탕스   그래서 내 생각에는 신중한 인간들에게는 미안하지만, 천주께선 그저 나같이 불쌍한 작은 땅벌레 한 마리를 즐겁게 해주기 위해서라도 얼마든지 마리아 어머님이 임명되게 해주실 수 있다는 거죠. 물론 어리석다 하겠지만, 천주께서는 날 위해 '십자가' 위에서 죽으심으로 이보다 훨씬 더 어리석은 일을 이미 하셨거든요!

블랑슈   나는 차라리 마리아 어머님이 가장 적임자라서 선출되리라 생각하고 싶어요.

콩스탕스   오! 내가 아무리 어려도 행과 불행이 마냥 마땅하게 분배된다기보다는, 오히려 제비뽑기 같다는 걸 알고 있어요! 그러나 우리가 우연이라고 하는 것이 어쩜 천주의 논리일 수 있지 않겠어요? 우리 사랑하는 원장님의 죽음을 생각해봐요, 블랑슈 자매! 그분이 그렇게 고통스러운 죽음을 맞이하리라고, 그렇게 잘못되어 고약하게 돌아가시리라고 누가 생각했겠어요! 좋으신 주님께서 그분에게 죽음을 주실 적에, 마치 옷장에서 딴 사람 옷을 잘못 주듯이 죽음을 잘못 골라주신 것 같아요. 그래요, 그건 다른 사람의 죽음이었을 거예요. 우리 원

---

95 베르나노스는 강연 산문 「우리들의 친구 성인들」을 통해 '교회는 성인들의 교회다'라고 강조하고 있다.

장님에게 맞지 않는, 그분에게는 너무 작은 죽음이었어요. 그래서 그분은 소매도 제대로 낄 수가 없으셨던 거죠……[96]

블랑슈　다른 사람의 죽음이라니, 대체 무슨 말을 하려는 겁니까, 콩스탕스 자매?

콩스탕스　그건 그 다른 사람이 죽을 때가 되면 아주 수월하게 죽음을 감당할 수 있고, 죽는 것이 편안하게 느껴지면서 스스로 놀랄 거란 말입니다…… 어쩌면 그 사람은 이렇게 자랑할지도 몰라요. "죽음이, 이 옷이 얼마나 입기 편한지, 이 옷이 얼마나 주름이 잘 잡혔는지 다들 보시오……"라고 말입니다.

　　　　침묵.

　사람은 각기 자기를 위해서 죽는 것이 아니고, 서로를 위해서, 아니면 다른 사람들 대신에 죽는 겁니다. 그럴 수도 있지 않아요?

　　　　침묵.

---

96 대속적 죽음에 대한 놀라운 영적 혜안이 베르나노스가 그려낸 나어린 콩스탕스 수녀의 천진한 어법 속에서 놀랍도록 신선하게 피력되고 있다.

블랑슈 (약간 떨리는 목소리로) 자, 꽃다발이 다 됐어요……

콩스탕스 그런데 우리가 만든 걸 만일 성 아우구스티노의 마리아 어머님에게 드리게 된다면?……

블랑슈 콩스탕스 자매, 무슨 그런 생각을!

콩스탕스 그야, 아마 다른 시절 같으면 아무도 마담 리두안[97]을 떠올리지 않았겠지요. 그렇지만 지금 세상이 이러하니 말인데, 코몽[98]에서 소 장사를 하신 선친을 둔 성 아우구스티노의 마리아 어머님이 시市 관리들 눈에 좀더 낮게 보일 거라고 말하는 자매들이 있답니다. 정말! 바깥 사태는 점점 더 악화하는 모양이죠, 블랑슈 자매! 마담 리두안 본인도 불길을 면할 현실적 방안을 찾아내야 한다고 생각하신다죠.

장면 15

〔3장 2〕

---

97 새 원장이 될 성 아우구스티노의 마리아 수녀 세속명.

98 노르망디 지방 외르Eure도의 작은 마을.

{종이 울리는 동안 수녀 전원이 새 원장에게 순명을 서약하기 위해 집회실로 모여든다. 원장은 마담 리두안, 즉 성 아우구스티노의 마리아 수녀다. 다른 공동 공간이 그렇듯 이 장소도 조그맣고 천장이 둥글다. 벽에는 매우 아름다운 고상이 하나 걸려 있다. 그 고상 밑에는 원장의 안락의자. 벽을 따라 수녀들이 앉아 있는 긴 의자. 순명 서약 예식. 수녀들은 한 명씩 새 원장 앞으로 나와 그의 손에 입을 맞춘다. 새 원장[99]은 짤막한 훈화를 한다.}

새 원장 ⋯⋯⋯⋯⋯⋯⋯⋯⋯⋯⋯⋯⋯⋯⋯⋯⋯⋯⋯⋯⋯⋯⋯⋯⋯⋯⋯⋯⋯⋯

⋯⋯⋯⋯⋯⋯ 사랑하는 내 딸들이여, 그분이 계셨으면 하는 가장 절실한 계제에 우리는 그리운 원장님을 잃었다는 말을 거듭해야겠습니다. 악에 대해 우리를 보장해주는 것은 아무것도 없다는 사실뿐만 아니라 우리는 언제나 천주의 손안에 있음을, 이 둘을 너무 자주 잊을 만큼 복에 겨웠던 평안한 시절은 참말 끝난 것 같습니다. 우리가 겪게 될 이 시기가 어떠할지 나는 모릅니다. 나는 다만 선의, 인내, 화해의 정신 같은, 큰 부자들이나 권력가들이 즐겨 멸시하는 소박한 덕들을 '거룩한 섭리'

---

99 전임 원장과 새 원장의 발화 내용이 차지하는 중요성을 고려해 서로 혼동하지 않도록 (작품을 인용하거나 연기할) 국내 독자들을 위해 이하 화자 표시 부분에서 '원장' 대신 굳이 '새 원장'으로 해당 인물을 표기했다.

로부터 기다릴 따름입니다. 다른 덕들보다 이런 덕들이 우리같이 미천한 수도자들에게 적합합니다. 왜냐하면 용기에도 여러 가지가 있는데, 이 지상 권력자들의 용기는 미천한 자들의 용기가 될 순 없지요. 그걸 넘보다가는 살아남기 어려울 겁니다. 하인이 행할 덕은 주인의 덕목과 똑같을 수 없는 법. 양배추를 먹고 크는 우리 토끼에게는 백리향이나 꽃 박하[100]가 맞지 않듯이 말입니다. 천주님을 거스르지 않겠다는 각오를 다지는 자는 자존심이 상하더라도 많은 일을 참아 견딜 수 있습니다. '요란하게 짖는 개는 물지 않는다'[101]라는 말이 있듯이, 결국 헛말로 그치거나 오판을 앞세운다면 어떻게 될까요. 드센 것보다 유순함이 낫고, 식초 한 들통보다 꿀 한 종지가 파리를 더 많이 잡는 법입니다. 다시 말합니다만, 우리는 천주께 기도를 드리기 위해 모인 변변치 못한 수녀들입니다. 우리를 기도에서 떼놓는 것은 무엇이든지 경계합시다. 순교까지도 경계합시다. 기도는 의무요, 순교는 상급입니다. 어떤 대왕이 궁정에 모인 사람들 앞에서, 시녀를 보고 사랑하는 왕후마냥 자

---

100 백리향과 꽃 박하는 향과 약성이 강한 야생초들. 여기서는 소위 큰 사람들의 덕목을 비유.

101 요란을 떨며 위협하는 자는 정작 행동하지 않는다는 뜻. 소박한 속담이 줄줄 이어지는, 평민 출신의 새 원장 특유의 어법.

신 곁 옥좌에 와 앉으라고 한다면, 그 시녀는 우선 제 눈과 귀를 믿지 말고 닦고 있던 가구를 계속 닦는 편이 더 낫습니다. 내 식대로 그저 소탈하게 비유를 든 것을 용서해주십시오. 강생의 마리아 수녀님, 이 짧은 훈화를 대신 마무리해주십시오……[102]

마리아 수녀의 주저하는 기색. 그러나 그는 같은 일을 두 번 부탁하게 만드는 부류의 사람이 아니다.

마리아 수녀 여러분, 원장님의 말씀은 우리의 첫째 의무가 기도라는 것입니다. 그러나 순명의 의무도 그 못지않기에 같은 정신으로, 즉 자신을 버리고 각자의 개인 판단을 물리치고 수행되어야 합니다. 그러니까 우리는 입으로만이 아니라 마음으로, 원장님의 뜻에 우리 뜻을 합치시키도록 합시다.

---

102 귀족 출신인 전임 원장과 대조적으로 평민 출신의 새 원장은 속담, 경구를 들어 친숙하면서도 조금은 산만하게 단순, 평정, 기도, 순명이라는 영적 덕목을 그려 보인 후 자신이 한 말을 좀더 격조 있게 결론 맺어달라고 귀족 출신의 부원장에게 청하는데, 후자는 원장과 보는 관점, 특히 '순교'라는 극적인 덕행 발휘에 대한 시각이 다르면서도 끝내 순명하여 말을 마무리한다.

〔3장 3〕

{새 원장의 수방. 원장은 가르멜의 장상 리고 주교[103]에게 지원 수녀들의 검은 머릿수건 수여 예식[104]을 허락한다는 편지를 받았다.} 블랑슈에 관한 원장과 마리아 수녀의 대화.

마리아 수녀   원장님의 뜻대로 하실 일입니다만, 아주 솔직한 양심으로 말씀드린다면, 저는 수건 수여에 찬성할 수가 없습니다.

새 원장   블랑슈 자매가 지원 수녀인데, 리고 주교님은 나더러 그들에게 검은 머릿수건을 주라고 하십니다. 문제가 그렇습니다.

마리아 수녀   문제를 그렇게 보시는 만큼 원장님께서는 문제를 미리 해결해놓으신 격이지요.

---

103 주교는 교회법적 행정상 장상이지, 회會의 영적 장상은 아니다.

104 6개월의 지원기에 이어 흰 수건을 착용하고 수도복을 입는 착복식을 가지며 시작하는 1년의 수련기를 거쳐, 정식 서원을 하는 수녀에게 비로소 허락되는 이 예식을 이제 막 지원한 수녀에게 특별히 앞당겨 허락한다는 맥락. 수도 서원을 전면 금지할 종교 박해가 임박한 데서 비롯한 조처가 되겠다. 검은 머릿수건은 '검은 수건' '수녀 수건'으로 약칭된다.

침묵.

새 원장　블랑슈의 어린 티를 너무 심각하게 생각하는 것
아닌가요? 마리아 수녀님, 미안하지만 나는 유령을 무
서워한다든가, 쥐나 생쥐를 무서워한다고 해서 명예가
손상된다고 생각지 않는 처녀들과 더불어 내 젊은 시절
을 다 보냈어요. 그러던 그들이 나중에 소임에 덜 열성
적인 것도 아니고, 집안일[105]에 덜 억척인 것도 아니더
군요. 사람 통솔도 할 줄 알고요. 당신 같은 귀족 집안
에서는 조금만 겁이 많은 처녀라도 얼굴 한가운데 있는
무사마귀처럼 이내 눈에 띕니다. 그렇죠? 지체 높은 출
신이라는 평판은 볕에 그을리는 걸 견디지 못하는 섬약
한 안색 비슷한 것이니까요…… 하지만 우리한테는 상
관없지요, 그런 소녀티 내는 것쯤이야! 내 머리쓰개[106]
를 두고 하는 말이지만, 나 원! 내가 알기론 가르멜이
무슨 기사단은 아니니까요!

마리아 수녀　원장님의 말씀은 원장님이 생각하시는 것보

---

105 수도원 용어로 수도원과 성당을 청소하는 일을 가리킨다.
106 수녀 수건 아래 쓰는 머리 정리용 작은 모자. 평민 출신 새 원장 특유
의 어법이 이어진다.

다 더 지당할 겁니다. 영예를 떠받드는 세련洗練 중에는 조잡한 장식품보다 별반 가치가 못한 것들도 있습니다. 그러나 원장님이 방금 말씀하신 그 처녀들은 쥐나 생쥐를 무서워했어도, 나중 모습으로 판단해보면 기개가 없지는 않았습니다. 그런데 블랑슈 들라포르스에겐 이 기개가 없습니다.

새 원장　우리 원장님이 돌아가실 적에 손을 붙잡아주시고 또 당신에게 맡긴 수도자에 대해 어떻게 그런 생각을 할 수가 있나요?

마리아 수녀　블랑슈 들라포르스에 대한 제 생각이 어떠하건 간에, 우리에게 닥친 이 시련 속에서 기개가 부족한 것은 공동체 전체에 위협이 될 수 있다는 말씀을 드리지 않을 수 없습니다.

　　침묵.

새 원장　주교님이 검은 수건 수여식을 원하시는 것은……

　　침묵.

마리아 수녀　그분 원을 채워드리지 않기는 어렵다는 걸 저도 압니다. 그러나 원장님이 그리 결정하신다면, 저는

지금부터 특별한 고행으로…… 해당자를 돕도록 허락[107]
해주셨으면 합니다……

　　　　새 원장의 몸짓, 침묵.

　　물론 그때마다 원장님께 허락을 청해야 하더라도 괜
찮습니다……

새 원장　아! 그건 수녀님에게 일임합니다. 우리 둘은 서로
좀 달라 보입니다. 우리의 길이 꼭 같지는 않습니다. 그
렇지만 천주께서 허락하시면 우리 둘은 앞으로 서로를
잘 이해하게 될 겁니다…… 수녀님 염려는 타당합니다.
나도 굳이 다른 의견을 가진 것은 아닙니다. 그러나 요
새 유행하는 말대로 저 꼬마 귀족 아가씨[108]를 받아들인
이상, 성당에서나 세탁장에서나 똑같이 나무랄 데 없는
진정한 가르멜 수녀로, 탈혼脫魂[109] 중에라도 냉정함을
간직할 지혜로운 동정녀로 만들어놓을 겁니다. 창설자
성녀[110]께서 우리의 모습이 이러해야 한다고 하지 않으

107　블랑슈의 기백을 함양하기 위한 덕행 수련의 고행을 분부하라는
제안.
108　귀족 아가씨를 향한 '꼬마'라는 표현에서, 평민 출신 원장으로서의
시대적·신분적 감정도 엿보인다.
109　신비 체험에 따른 영적 황홀경.

셨습니까?…… 자! 자! 조금 전 내가 했던 비교가 말이 안 되는 건 아니었습니다. 나는 내가 보아온 세상을 잘 알고 있어요. 우리 프랑스에서는 대단한 집안의 규수라 하더라도 그 겉모습을 조금만 긁어내면 농사꾼 여인네의 모습이 나타나고, 공작부인 중에서 제일 태깔 부리는 여자라도 소작농 여인네 못지않은 영육의 씩씩함을 가지고 있더군요……

마리아 수녀　물론 원장님은 제게 맡긴 따님을 당신의 말씀대로 만들 수 있습니다. 그러나 그럴 시간이 부족하지 않을까 싶습니다.

〔장면 17〕

〔3장 4〕

〔수녀원 성당. 제대 쪽에 전례복 차림의 전속 사제가 복사 어린이들과 함께 있다. 제대는 꽃으로 화려하게 꾸며져 있다. 창살 너머로

---

110 아빌라의 성녀 데레사. 8세기부터 이어오는 유구한 전통의 가르멜 수도회를 개혁한 성녀(1515~1582). 세칭 아빌라의 대大데레사는 종교전쟁(위그노전쟁. 1562~1598)으로 찢어진 프랑스를 위해 특별히 기도했고, 그 결과의 하나로 콩피에뉴의 가르멜 수녀원도 1641년 창립되었다.

공동체 전원이 모여 있다. 수녀들은 큰 베일을 쓰고 흰 망토를 입고 있다. 봉쇄 창의 휘장은 젖혀져 있다. 새 원장과 강생의 마리아 수녀가 신부복新婦服 차림으로 성장盛裝한 블랑슈 들라포르스를 봉쇄 문쪽으로 데리고 온다. 블랑슈만 얼굴을 가리지 않았다. 그녀의 수녀 수건 수여 예식. 전속 사제가 그 예식을 주례한다. 블랑슈는 그리스도 임종 고난의 블랑슈라는 수도명을 받는다. 행복감으로 빛나는 블랑슈. 수방으로 돌아오니 침대 위에 꽃 십자가가 하나 놓여 있다. 그는 그것을 '영광의 어린 왕' 성상 밑에 기림의 예로 바친다.]

장면 18

〔3장 5〕

{면회실. 시청 대표자 한 명과 수녀원 공증인이 국가에 양도하게 된 수녀원의 재산목록을 작성해야 한다고 설명하고 있다. 이 목록에는 부동산 전부와 수녀들이 가지고 왔던 지참금이 모두 들어간다. 아주 정중한 말투로 대화를 이어가며 호적 관리 공무원들은 자기들의 업무 수행에 대해 사과한다.}[111]

---

111 이들의 방문은 혁명 첫해인 1789년의 일로 (극 후반의) 공포정치 때의 거친 관리들과 매우 다르다.

장면 19

〔3장 6〕

새 원장 ···
　　호적 관리 공무원들의 이번 방문이 무엇을 의미하는지
　　아실는지요. 우리가 가난의 위협을 받고 있다는 뜻이겠
　　지요. 가난이 우리에게 위협이 될 수 있다면 말입니다.
　　블랑슈 수녀, 무슨 혼잣말인가요?

블랑슈　원장님, 저는…… 저는…… 저는…… '잘됐어! 일을
　　하면 되지'…… 하고 말하고 있었습니다……

새 원장　내 딸이여, 당신이 만일 내 자리에 있다면 우리 같
　　은 수녀원이 가난에도 품위를 잃지 않고 살아간다는 것
　　이 어려운 일임을 알게 될 겁니다. 우리가 해야 할 바는
　　안 먹고도 살 수 있음을 증명하려던 바로 그날 죽어버
　　린 마티유 영감의 저 유명한 당나귀[112]처럼, 먹지 않고
　　살 수 있음을 구경꾼들에게 증명하는 것이 아닙니다.
　　블랑슈 수녀, 그래 무슨 일을 할 양입니까?

블랑슈　원장님, 우리는 바느질 공방을 꾸릴 수 있지 않을
　　까요……

---

112 민담.

새 원장 장래 소득원을 따져보기 전에 우선 우리 가용 재산을 살펴봅시다. 마틸다 수녀, 월동 준비로 장만했던 것이 얼마나 남았습니까? 원장님이 돌아가신 뒤로 나는 비품실에 발을 들여놓지 않은 터라……

마틸다 수녀 원장님, 남은 것이 별로 없습니다. 큰 추위가 3월 중순까지 쭉 이어졌고, 또 전임 원장님이 돌아가실 무렵 일일이 따지지 않고 여기저기 희사喜捨하셨으니까요. 그분은 셈에는 능하지 못하셨습니다.

새 원장 나는 셈에는 능합니다. 따님들, 생각해보세요. 우리가 지금까지는 돈을 펑펑 쓰는 것이 미덕처럼 여겨지는 상류사회 사람들처럼 살아왔습니다. 만약 우리 수녀원이 파산해서, 올겨울에도 찾아올 걸인들이 문 닫힌 수녀원을 보게 된다면, 지금 거지 몇 명 더 도와준다고 해서 무슨 소용이겠습니까? 허허! 그건 사과를 손에 넣으려고 사과나무를 잘랐다는 딱한 사람 블레즈 얘기와 같을 테지요…… 자아, 블랑슈 수녀, 이제 바느질 공방 얘기를 다시 해봅시다.

블랑슈 일은 참 재미있을 것 같아요!

새 원장 블랑슈 수녀는 고운 한랭사 천이나 레이스를 다시 만지작거릴 생각만 해도 손이 근질근질한가 봐요……[113]

마틸다 수녀 블랑슈 자매, 비난하려는 건 아니고, 아무튼 그 일은 안나 자매와 내가 수요일부터 해온 땔나무 톱

질보다는 덜 힘들 겁니다……

새 원장 자, 그만하세요, 모두들 궁해서 일하는 게 그리 싫
진 않은 모양이군요. 계속 웃는 소리가 이어지니 말이
에요.

안나 수녀 원장님, 그건 집 생각이 나서 그런 겁니다. (마
틸다) 자매와 저는 거의 이웃이랍니다. 한쪽은 코르메
유[114] 출신이고 저는 블레몽쉬르우아즈[115]에서 왔으니
까요.

마틸다 수녀 암요! 저희는 일하는 것이 겁나지 않습니다.

새 원장 그만! 그만! 어린 따님들, 그런 호언장담은 그만하
시오! 친가에 있었을 때만 해도 다들 좋은 세월을 누렸
나 보군요. 아버님이 영주領主의 토지를 거의 다 사들였
다니, 마네르빌[116] 후작은 이제 소작인보다 형편이 훨씬
덜하겠죠……

---

113 짙은 갈색의 거친 천으로 된 가르멜 수도복과 달리 귀족 여성복에 쓰
이는 고운 천. 블랑슈의 옛 생활에 대한 향수가 아닐까 비꼬는 말. 수도원
은 콩피에뉴성을 들락거리던 왕실 사람들과 긴밀한 유대와 교류를 나누
고 있으니 그들을 상대로 고운 옷을 짓는 바느질 공방을 열 수 있을 거란
맥락의 대화.

114 노르망디 외르도의 소읍.

115 발두아즈Val-d'Oise도의 소읍, 옛 지명.

116 일드프랑스 이블린Yvelines도의 소읍.

블랑슈 수녀는 좀 외따로 있다. 다른 수녀들이 모여 있는 곳에서 떨어져 있는 그에게 한 수녀가 몇 발자국 다가가더니 소리 지른다.

그 수녀 저런, 원장님, 블랑슈 자매가 우는가 봅니다!

그가 블랑슈 수녀를 모두의 곁으로 데려오는데, 블랑슈는 억지로 미소 지어 보이려 한다.

마틸다 수녀 블랑슈 자매, 우리 말은 다 웃자고 한 거였어요. 장작을 자르는 것은 우리가 하는 일이고, 그러고 나면 입맛이 돈답니다.

새 원장 경우 없이 그리 입을 놀리더라니. 경박한 요새 정신이 아무 데고 파고들어서 가르멜의 두꺼운 담까지 뚫은 지경이군요……

마르타 수녀 우리 수녀원에는 부르주아니 귀족이니 구별이 전혀 없잖아요……

새 원장 좋은 의도 타령도 어리석은 소리도 이제 그만!

마르타 수녀 원장님, 용서하십시오. 저는 그저 우리가 모두 자매라는 말을 하려던 것입니다. 남자들은 또 모두가 형제라야 되지 않겠습니까? 저희는 영세領洗로 모두 평등해지지 않았습니까?

발렌티나 수녀 마르타 자매, 형제들이라고 반드시 서로 간에 평등하지는 않습니다……

마르타 수녀 그럴 테지요.

알리스 수녀 십자가의 발렌티나 자매, 그렇지만 귀족들이 우리 큰오라버니들은 아닙니다. '아담이 땅을 파고 하와가 길쌈할 적에는 귀족이 어디 있었나?'라는 옛 속담을 잘 아시죠?

발렌티나 수녀 알리스 자매, 잠깐만! 우리 첫 조상은 천년 넘게 살았다지 않아요.[117] 그러면 그분이 돌아가시기 전 그 많은 자녀 중에서 땅을 일굴 사람과, 또 그 수는 훨씬 적을지언정 도둑 막을 사람도 정해주었을 것이 분명합니다. 그러면서 귀족층이 생겨났겠죠.

어느 수녀 양을 지키려고 개를 훈련시킬 생각을 하기도 전에 양들이 양털을 내주었다는 사실을 두고, 양의 잘못이라고도 개 때문이라고도 목동 탓이라고도 못 할 겁니다.

다른 수녀 개가 가끔씩 양을 잡아먹는 수도 있어요……

또 다른 수녀 그렇다고 양만 두고 개를 없앤다면 양들이 늑대에 대해서 더 안전하다고 느끼겠어요?[118]

---

117 "아담은 모두 930년을 살고 죽었다."(「창세기」5, 5)

또 다른 한 수녀   하지만 귀족들이 전쟁을 치르는 것도 사실
입니다…… 우리 지방 귀족은 왕을 섬기다가 세 아들
을 잃었고, 돌아가신 그의 부친은 허리에 화승총을 맞
아 온몸이 뒤틀렸댔어요. 지금 그 댁 아가씨는 지참금
이 없어서 미혼으로 늙고 있지요. 주일미사 때 그 백작
님이 여기저기 기운 짧은 바지를 입고 있는 걸 보면 정
말 딱해요……

한 수녀   그렇다고 해서 턱 치켜드는 거드름을 덜 부리지도
않을 것 같은데요.

다른 수녀   지금 새삼 턱을 수그리려고 해도 시기가 아주 고
약하죠!

또 다른 한 수녀   참 그래요. 〔우리〕 자매님, 말은 바로 해야
죠. 우리 아버지도 재산은 있지만 딴 사람이나 다름없
이 그저 마을 사람이시죠. 그런데 사방 100리까지 악명
이 나고, 또 전에는 추수철 아니면 일거리도 얻지 못하
던 주정뱅이며 건달 들이 우리 마을에서 이제 높은 자
리에 올라 떵떵거리는 것을 볼 때면 아버지 가슴이 에
이시겠죠.

한 수녀   혁명당원들이 보베지[119]에서만 성관城館 아홉 개를

---

118 신분상의 권력 갈등에 대한 이상의 비유에 이어 현실 상황에 대한 예
시가 대화에 속속 등장한다.

불 질렀답니다.

다른 수녀 그렇다네요, 자매님. 대혼란기는 페스트나 콜레라가 유행하는 것과 같지요. 비가 오면 달팽이며 민달팽이까지 기어 나오는 것처럼, 이런 시기에는 사방에 무뢰한들이 출현하죠. 그렇기는 하지만 혁명당원 중에도 그리스도를 공경하는 사람들이 있어요. 베르생[120]에서는 그 사람들이 우리 주의 십자가를 높이 쳐들고 다녔다는군요.

또 다른 수녀 정작 성당을 약탈하고 정문 성상들 머리를 잘라놓고 말이지요……

한 수녀 베르생은 별것 없는 작은 벽촌에 지나지 않아요. 그러니까 거기서 벌어진 일을 보고 일반화해서 생각할 수는 없겠지요……

다른 수녀 맞아요, 맞아, 〔우리〕 자매님. 베르셰는 베르셰고[121] 파리는 파리죠…… 오툉[122]의 대군大君-주교[123]가

---

119 피카르디 지방의 한 고장의 옛 이름.

120 파드칼레Pas-de-Calais도의 소읍.

121 앞 사람이 말한 베르생Verchin을 잘못 듣고 복창.

122 주교좌성당이 있는, 부르고뉴 지방의 중요한 고도古都.

123 오툉의 주교이자 프랑스 최초 총리를 지낸 정치인, 외교관이었던 탈레랑Charles Maurice de Talleyrand(1754~1838). 프랑스혁명이 발발하자 교회 재산의 국유화를 주장하는 등 혁명정부를 지지했다.

높이 스무 자[124] 되는 연단 위에서 미사를 드린 저 축제[125]를 우리 착하신 왕께서 주관한 것을 만천하가 본 것도 파리 아니던가요? 로마 역사 이래 일찍이 본 적 없던 광경이었다고, 그때 부신부님도 들려주시지 않았습니까?

콩스탕스 수녀　(격앙해서) 아니! 우리에게 그리스인이나 로마인이 무슨 필요가 있어요? 우리 프랑스 사람들이 누구한테 배워야 한다는 말입니까?

젤트루다 수녀　콩스탕스 자매는 별안간 아주 전투적이 되었군요…… 자매는 머리에 투구를 쓰고 옆구리에 검을 차고 블랑슈 자매의 바느질 공방에 일하러 가렵니까?

콩스탕스 수녀　아! 젤트루다 수녀님, 놀려도 상관없어요! 내가 여자고 수녀라도 허락만 받는다면 여러분이 말하는 그 사람들을 혼쭐내줄 겁니다……

젤트루다 수녀　나이도 어린 자매가 그들을 정작 가까이서 보게 되면……

---

124 약 6미터.

125 1790년 7월 14일 파리 샹드마르스 넓은 벌에 높이 약 6미터의 단과 그 위에 '조국의 제대'를 설치하고 삼색 리본을 착용한 '서명파' 사제 200명 및 어린이 성가대 400명을 동원하여 올린 미사와 더불어 베푼 웅대한 축제. 바스티유 감옥 함락 1주년을 기념하는 '연방(연맹) 축제'라 칭해진 이 행사에 루이 16세 일가는 왕실 존속에 대한 기대와 함께 참석했다.

콩스탕스 수녀　아 네. 난 그들을 싹[126] 무시해버릴 겁니다.

젤트루다 수녀　조심하세요, 젊은 자매, 성 베드로 큰 사도께
서도 자매처럼 말했다가 벌을 단단히 받으셨지요.[127]

콩스탕스 수녀　오오! 성 베드로…… 성 베드로…… 첫째, 성
베드로는 프랑스 사람도 아니셨고, 또…… (갑자기 말을
멈춘다.)

한 수녀　또 무엇이 아니란 말입니까?

다른 한 수녀　콩스탕스 자매, 호기 있게 계속 대답해보세
요……

한 수녀　틀림없이 성 베드로 사도께서 귀족이 아니었다고
말하려던 참이었을 겁니다.

모두 크게 웃는다.

다른 한 수녀　콩스탕스 자매, 어떻게 이 곤경을 모면할 건
가요?

한 수녀　그런가요 아닌가요, 대답해보실래요?

콩스탕스 수녀　(거짓말을 할 수 없어서) 사실 그렇게 생각했
습니다……

---

126 직역하면 '물고기가 사과 보듯.'

127 장담 맹세하지 말라는 뜻. 「마태오 복음서」 26, 31~35 및 69~75 참조.

눈물을 글썽거리며 절절하게

그렇지만 나는 교만한 마음 때문이라거나 누구를 업신여겨서 그리 생각한 것은 아닙니다…… 나는 그저 병사가 아닌 성 베드로께서 우리 주님께 병사 격의 맹세를 한 것이 잘못이었다고 말하려던 참이었죠…… 그분은 그저 어부였습니다. 그러니까 단지 어부다운 맹세만 했더라면, 그 맹세는 지켰을 것입니다.

블랑슈　콩스탕스 자매, 잘 대답했어요!

한 수녀　오! 블랑슈 자매, 당신은 어떻게……

아주 짧은 침묵. 그러나 수녀들 사이에 블랑슈 수녀에 대한 일종의 경계심이 있다는 것을 감지할 만한 시간은 된다. 이윽고 한 수녀가 각자의 거북함을 대신 떨쳐내려는 듯 말을 꺼낸다.

한 수녀　그래, 블랑슈 자매는 혁명당원들을 어떻게 생각하세요?

느닷없던 좌중의 침묵에 눈에 띄게 당황한 블랑슈는 창백해져 입술까지 떨린다.

블랑슈   나는…… 난…… 나는 그 사람들이 종교를 좋아하
   지 않는다고 생각합니다, 수녀님……

아까 그 수녀   아마 그 사람들이 몰라서 그러지 않겠어
   요?……

블랑슈   오! 저런! 크게 오해하시는 겁니다……

아까 그 수녀   편견이 좀 있는 것……

새 원장   자! 그만, 따님들! 10분 전부터 재갈과 고삐를 그냥
   놔두었더니, 아이쿠, 뭐랄까요, 다들 의회 나리들이나
   된 듯 갑론을박이군요! 묵상기도에서 기쁨을 누리기에
   세상사에는 초탈했거니 생각하는 따님들이 있다면, 요
   즘의 이 굴욕적 체험에서 깨달음을 얻어야 합니다. 생
   각해보면, 따님들, 선량한 일반인들은 우리를 자기네와
   아주 딴판이라고 여깁니다. 그러나 육체와 영혼만큼이
   나 서로 긴밀하게 엮여 있는 이 수도원과 우리 '거룩한
   수도회 규칙'의 관계는, 못난 몸이 때로 자신을 가리려
   찾는 장엄 치장이나 격조 높은 복장과의 관계라고나 할
   까요. '수도회 규칙'과 '수도원'을 벗어나면 딱한 우리는
   어떻게 되겠습니까! 그러니 나머지 세상이 불길에 휩쓸
   리더라도 우리가 여기서 성소聖召를 지키며 살아가도록
   내버려둘 바깥의 허락을 얻기 위해서라면, 나는 어떤
   희생이라도 불사하겠다는 것을 믿어주시오. 폭력에 맞

대응하기 전에 그것을 무장 해제하도록 모든 노력을 다하는 것이 우리 '규칙'에 합당한 정신입니다. 죽는 이 없는 전쟁이 없듯이, 살인 없는 순교도 없는 법입니다. 그러니까 가르멜의 미약한 수녀로서 천주를 거역하지 않고 달리 방법이 없는 경우가 아니면, 우리 같은 불쌍한 종들의 영광을 어쩌면 그 형리刑吏들의 영원한 구원과 맞바꾸며 얻는다는 것은 너무나 비싼 대가를 치르는 일임을 생각해야 합니다…… 더구나, 무엇 때문에 순교를 이야기하는 겁니까? 지금 우리에게는 순교가 문제가 아니니, 모두들 그리 흥분하지 말기 바랍니다. 우리가 거리로 내쫓길 위험이야 있겠지만 그뿐입니다. 현재 우리 처지는 성 요한 축일[128]로 잡은 기한에 갚아야 돈을 청산하지 못하고, 미카엘 대천사 축일[129]에도 여전히 한 푼도 없는 딱한 사람들의 처지와 비슷합니다. 이 생각을 하면[130] 상상으로 들끓는 여러분 머리가 다시 냉정을 되찾을 테죠.

---

128 세(례)자 요한의 축일은 6월 24일. 한편 사도 요한의 축일은 12월 27일.

129 미카엘 대천사 축일은 9월 29일.

130 지레 순교를 얘기하지 말고, 수도원 재산의 국가 환수로 인해 물질적 가난에 처할 것을 먼저 생각하라는 뜻.

장면 20

〔3장 7〕

새 원장이 강생의 마리아 수녀 곁에 있다. 누가 온 걸 알리는 방울 소리. 두꺼운 담 너머로 여러 소리가 흐릿하게 따라 들려온다. 원장과 강생의 마리아 수녀가 서로 쳐다본다. 이윽고 수녀 한 명이 들어온다.

새 원장 무슨 일입니까?

수녀 쪽문에 말 탄 사람이 혼자 와서 원장님을 뵙고자 합니다.

새 원장 어느 쪽문이지요?

수녀 골목길로 난 쪽문입니다.

새 원장 남의 눈에 띄지 않으려고 그리 신중한 걸 보니 적敵은 아닌가 봅니다. 강생의 마리아 수녀님, 가보시죠.

원장은 일어서 있다. 입술이 보일 듯 말 듯 움직인다. 얼굴은 평정을 유지하고 있다.

가서 살펴보시죠.

마리아 수녀 원장님, 들라포르스 씨입니다. 외국으로 떠나기 전에 누이동생을 보겠다고 합니다.

새 원장　블랑슈 들라포르스에게 알리라고 하십시오. 사정이 사정인 만큼 규칙과 어긋나지만 허락합니다. 대신 수녀님이 양자 대담에 같이 계셔주십시오.

마리아 수녀　원장님이 그리 허락하신다면……

새 원장　다른 이 말고 마리아 수녀님이 직접 그리하셔야겠습니다.

*

*　　*

〔3장 8〕

〔면회실. 휘장은 반만 걷혀 있다. 블랑슈는 얼굴을 가리지 않았다. 걷지 않은 쪽 휘장 뒤에는 큰 베일을 쓴 강생의 마리아 수녀가 면회에 입회하고 있다.〕

기사　어째서 20분 내내 눈은 내리깐 채 제대로 대답도 하지 않고 그렇게 서 있는 거냐? 그게 오라비를 맞는 처신일까?

블랑슈　오라버니에게 조금이라도 불쾌한 마음이 들지 않기만을 하늘에 바랄 뿐입니다!

기사　한두 마디를 하나 백 마디를 하나 다 같은 말이지만,

아버지는 네가 여기 있는 것이 더는 안전하지 못하다고
생각하신다.

블랑슈　장소는 안전하지 못할지 모릅니다. 그러나 제가 안
전하게 느끼고 있으니, 저로서는 그걸로 충분합니다.

기사　네 말투가 옛날과는 아주 딴판이구나! 지금 네 태도
에는 어딘지 모르게 부자연스럽고 억지 같은 것이 느껴
진다.

블랑슈　오라버니에게 부자연스럽게 보이는 것은 아직 습
관이 덜 잡히고 서툴러서 그런 것뿐입니다. 해방되어
정말 행복하게 사는 이곳 생활의 기쁨에 적응이 덜 된
거죠.

기사　네가 행복한지는 모르겠지만 해방된 건 아니지. 본성
의 극복이 자력으로 되는 게 아니니까.

블랑슈　아니 그럼, 오라버니에게는 가르멜 수녀의 생활이
본성에 그리 합치되는 것으로 보입니까?

기사　예전이라면 뭇 사람이 동경하던 자리를, 요즘 같은
시절엔 지금의 네 자리와 맞바꾸고 싶어 할 이가 한 사
람만은 아니겠지. 블랑슈야, 내가 말을 심하게 한다만,
그건 곁에 하인들뿐, 홀로 남으신 아버지 모습이 자꾸
눈앞에 어른거려서야.

블랑슈　(절망적 몸짓으로) 제가 공포 때문에 여기 꼼짝 않
고 머문다고 생각하는군요!

기사 아니면 공포에 대한 공포 때문이 아닐까. 그 공포도 결국은 다른 공포보다 명예로울 게 없다. 죽음을 무릅쓰듯 공포도 무릅쓸 줄 알아야 한다. 참된 용기는 그렇게 무릅쓰는 데 있는 것이야. 어쩌면 내가 지금 너무 엄격하게 들릴 말, 군인 같은 말을 하고 있나 보다. 그러나 내가 언제나 널 더없이 가혹하고 부당하기 짝이 없는 운명의 희생자로 여겨온 것은 하늘도 아신다……

블랑슈 (숨 막힌 목소리) 여기 있는 저는 이제 '지존하신 분'께 스스로를 바친 아주 작은 한 희생[131]에 지나지 않습니다. 천주께서는 저를 당신 선하신 뜻대로 처리하실 것입니다.

기사 내가 소르본의 대단한 신학자 사제는 아니지만, 여기 있으나 다른 데 있으나 매한가지라고 답할 수 있겠다.

블랑슈 그렇지 않습니다, 오라버니. 여기 있어야 저는 천주의 뜻에 오롯이 내맡겨진 듯 느껴집니다.

기사 그런 확신이 있다 하여 네가 아버지 뜻을 따르지 않아도 된다는 건 아닐 터다.

블랑슈 수녀 수건을 받았기에 저는 아버지의 권한 밖입니다. 이제 저는 아버지께 제 마음의 사랑과 존경을 드릴 의무 외에는 없습니다.

---

131 자헌自獻의 의미를 강조한다.

기사 블랑슈야, 내가 아까 들어올 때 넌 힘을 잃고 휘청 쓰러질 뻔했지. 그때 이 흐릿한 남포등[132] 빛 아래 우리 어린 시절이 순식간에 모두 떠오르더구나. 필경 내가 서툴러서 서로 상처 주는 말을 주고받았지만, 여기 들어와서 내 작은 토끼가 그새 달라진 걸까?

블랑슈 달라졌습니다. 아! 물론 오라버니에 대한 정은 변함이 없지요! 그렇지만 제가 수녀 수건 수여 예식을 치른 그 중대한 날이 새로 태어난 날이었음은 사실입니다.

기사 내가 제대로 알아들은 거라면, 새로 태어났으니 처음 낳아준 분으로부터 해방돼야 한다는 건가? 아! 블랑슈야, 쓸데없이 세세히 따지는 것은 그만두자! 우리 친척과 지인이 모두 뿔뿔이 흩어진 걸 생각해보렴. 여기 그 누구도 네가 아버지 곁으로 돌아가는 걸 반대하지 않을 거야. 아버지는 이제 너 외에는 믿을 사람이 없다.

블랑슈 오라버니가 있지 않습니까?

기사 왕실 군대에 가야 할 의무가 부르는구나.

블랑슈 그렇군요. 하지만 제 의무는 여기 남아 있는 겁니다. 아니! 어째서 제 마음에 독약 같은 회의懷疑를 다시 부어 넣으려는 겁니까? 그 독약에 저는 끝장날 뻔했습니다. 지금은 전과 달라진 것이 사실입니다. 천주께서

---

132 켕케Antoine Quinquet(1745~1803)식 양등洋燈.

는 제가 받기에는 부당하지만, 성령의 선물[133]인 용기
즉 굳셈의 덕을 주셨어요. 이 은총은 남자들이 그렇게
도 허세를 부리며 자랑하는 육신의 용기보다 천 배나
더 귀중합니다.

기사　너는 이제 아무것도 두렵지 않단 말이냐?

블랑슈　절 놀리시는 게죠. 그렇지만 이제 아무것도 걱정하
지 않게 된 것은 사실입니다. 제가 있는 곳에 그 무엇도
저를 해치러 올 수 없어요.

　　　　침묵.

기사　정말 그렇다면, 부디 잘 있거라, 사랑하는 누이야.

　　　　블랑슈가 갑자기 다가간다. 돌이킬 수 없는 작별의
　　　　말에 돌연 기운을 잃은 듯 두 손으로 봉쇄 창살 문을
　　　　붙잡는다. 아무리 목소리를 꿋꿋이 내려 해도 음색이
　　　　달라진다.

블랑슈　오! 화난 듯한 작별 인사만 던지고 그리 떠나지 마

---

133 성령칠은, 성령의 일곱 가지 은사恩賜, 곧 지혜(슬기), 통찰(깨달음),
의견, 용기(굳셈), 지식, 공경(효경), 하느님에 대한 경외.

세요! 아아! 오라버니는 오랫동안 저를 측은히 여겼으니, 무심하게 아무나에게나 던질 법한 그런 단순한 작별의 말로 저에 대한 측은지심을 쉽게 대신할 수는 없을 겁니다!

기사　블랑슈, 이제는 아주 무정한 말까지 하는구나.

블랑슈　오라버니에 대한 제 마음은 그저 따스한 정밖에 없습니다. 그렇지만 저는 이제 조그만 토끼가 아닙니다. 저는 오라버니를 위해 고통을 청해 받으려는 가르멜의 딸입니다. 그러니 저를 전우로 생각해주십사 청하고 싶어요. 왜냐하면 우리는 각자의 방식으로 투쟁할 것이고, 제 방식도 오라버니의 방식과 마찬가지로 고비와 위험이 따를 테니까요.

아이 같은 과장과 서투름이 약간 섞인 투로 말하니 오히려 더 감동적으로 들린다. 강생의 마리아 수녀가 한 걸음 앞으로 다가선다. 기사는 무어라 형용할 수 없는 눈길로 블랑슈를 한참 지켜본다.

블랑슈는 쓰러지지 않으려고 봉쇄 창살 문을 꽉 붙들고 있다. 강생의 마리아 수녀가 나선다.

마리아 수녀　블랑슈 수녀, 정신 차리시오.

블랑슈　아아! 어머님, 제가 거짓말을 하진 않았겠지요? 제가 어떤 사람인지 제 자신을 모르는 걸까요? 아아! 저는 모두가 저를 동정해주는 데 너무 지쳐버렸습니다! 천주께서 저를 용서해주시옵길! 하지만 그들이 다정하게만 대해주는 것에 역정이 났습니다. 정말이지, 그분들에게 저는 끝내 어린아이일 뿐인지요?

마리아 수녀   자, 그만 가야 할 시간입니다.

블랑슈   제가 교만했으니 벌을 받겠습니다.

마리아 수녀   교만을 낮추는 방법은 오직 하나, 그보다 더 높이 올라가는 것뿐입니다, 내 따님. 그러나 덩치 큰 고양이가 쥐구멍에 억지로 들어가려고 할 때처럼 몸을 구겨 박는 것이 겸손해지는 법이 아닙니다. 참된 겸손은 우선 품위와 평정에 있습니다.

　　마리아 수녀는 지나가며 약간 구부정해진 블랑슈의 허리를 가만히 붙잡아준다.

　　꿋꿋이 펴시오.

〔3장 9〕

　　〔면회 끝 무렵, 수녀원 전속 사제가 와서, 길을 떠나기 전에 저녁을 하자고 기사에게 청한다. 그는 기사를

사제관으로 인도해 직접 음식을 내온다.]

전속 사제　기사님, 진솔하게 말씀드립니다만, 지금 여기에 있으려 하는 기사님 누이는 천주의 뜻에 따른 것이라 믿습니다.

기사　아! 우리도 그 애 뜻을 반대할 생각은 여태 한 번도 없었습니다. 그 애에게 아주 따뜻한 애정을 느끼면서도 퍽 단순한 사람인 저로서는 운명의 인장이 찍힌 상대에게 가지기 마련인 감정마저 느끼고 있습니다. 그 애는 가문, 재산, 자연의 온갖 선물을 넘치게 받은 채 세상에 왔지요. 감미로운 음료로 철철 넘칠 것만 같던 인생이었건만, 그 애가 입술을 대자마자 그만 쓴맛으로 변했다고나 할까요……

전속 사제　자, 이제 그만! 그 점에 대해선 서로 간에 토로해야 했던 말은 전부 다 나누었으니까요. 그보다 이 포도주나 사양 말고 더 드십시오. 순금처럼 확실하고 맑은 눈동자처럼 신선한 포도주입니다. 이것이 기사님이 말에 오르기 전 나누는 이별의 술잔이 되겠지요. 그래, 이제 어떻게 하실 작정인가요?

기사　동트기 훨씬 전에 아주 멀리까지 가야겠지요. 베르몽[134]까지는 안전이 보장되지 않는 길이니까요. 하지만 거기 가면 몸을 좀 쉬면서 아버지께 속달을 보낼 만한 숙소가 있습니다.

전속 사제　후작님께서는 기사님을 무척 걱정하시겠습니다?

기사　제가 아버지 걱정을 하는 형편입니다. 연세가 아주 높으시지만, 그 무엇도 그분의 늘 기꺼운 마음을 상하게 하거나 평소 습관을 바꾸게 하지는 못하죠. 인생의 즐거움으로 다져진 우리 윗세대의 마지막 분들은 아무것도 거절하지 않고 살아오신 가운데 아무것 없이도 잘 지내는 법까지 터득하셨다고나 할까요. 그 어른은 장마 때 나무둥치들이 줄지어 떠내려오듯 사건들이 연이어 일어나는 것을 바라보면서도, 강물이 줄어 다시 강바닥으로 돌아가기만 기다리면 될 것이라 생각하고 계십니다.[135]

전속 사제　어이쿠! 나는 강물이 순리의 흐름을 되찾기 전에 양 기슭을 휩쓸어버릴 것만 같아 아주 겁이 납니다. 기사님이 돌아오신다면, 먼 길을 떠나면서까지 지키고자 했던 것 중에서 무얼 되찾을 수 있을 거라고 보십니까?

기사　글쎄요! 격류라 해도 바로 앞을 가로막는 것이 아니라면 내동댕이치지 않을 겁니다. 신부님은 여기서[136] 무

---

134 프랑스 북동부의 한 소읍.

135 신분에 대한 중대한 위협으로 닥친 시대의 엄중함에 비해 호인인 아버지는 너무 유유자적해서 오히려 걱정이라는 뜻.

136 혁명이 변질되어 공포정치에 휩싸인 이 프랑스 땅의 이 시점에서.

엇이 걱정되시는지요?

전속 사제 내 아들이여, 프랑스 사람들은 타인을 위하여 그를 돕는다는 명분이 있을 때만 서로 싸워왔지요. 언제나 신념 때문이라고 믿고 싶어 하면서 말입니다. 그래서 어떤 내란이건 종교전쟁이 되고 말지요.[137]

기사 그들은 태생 귀족에게만 원한을 품고 있어요!

전속 사제 그게 그렇지 않습니다. 그들은 당신들을 어려워하고, 다름 아닌 우리를 증오하고 있지요……[138]

〔장면 21〕

〔3장 10〕

〔경찰 관리들의 수녀원 방문. 강생의 마리아 수녀가 일행과 동행한다. 프리기아 모자[139]를 쓴 키가 작달막하고 흉측한 모습의 사나이가 선두에서 수방들을 하나씩 열어젖힌다.〕

---

137 바깥의 정치 상황이 종교인들에게 의당 영향을 미치리라는 예견.

138 지금 소요하는 3신분의 민중이 2신분인 귀족을 두려워하고 1신분인 성직자를 증오한다는 말.

139 대혁명 당시 혁명당원이 자유의 상징으로 썼던 테 없는 붉은 모자.

한 경찰 관리　이 연극 같은 짓은 무슨 의미요?

마리아 수녀　여기 있는 수녀는 그저 앞을 미리 가면서 손종을 울리게 되어 있습니다. 이 '집'의 규칙입니다.

그 경찰 관리　우리는 '법' 외의 다른 규칙은 모르오. 우리는 '법'의 대표자들이요.

마리아 수녀　우리는 우리 규칙을 지키는 하찮은 종일 뿐입니다. 그러니 그 점을 강조하더라도 용서하셔야겠습니다. 그러나 여러분은 사람들이 거절하는 것도 요구할 수 있는 분들이니, 더는 말씀드리지 않겠습니다.

그 경찰 관리　빨리합시다.

마리아 수녀　여러분을 조금이라도 지체시킬 마음은 없습니다. 나는 원장님으로부터 여러분에게 이 수녀원을 보여드리라는 분부를 받았습니다.

그 경찰 관리　당신 없이도 볼 수 있소.

마리아 수녀　내 역할은 여러분과 동행하는 것이 아니라, 내가 가진 열쇠로 열 수 있는 자물통을, 여러분이 굳이 부숴야 하는 수고를 덜어드리는 일입니다.

다른 경찰 관리　시민, 이 여자와 말씨름하지 맙시다. 아주 교활한 여편네라, 감당이 불감당이겠소.

첫째 경찰 관리　시민, 우리가 부여받은 사명에 좀더 걸맞은 말을 쓰기 바라네.

마리아 수녀　여러 지면[140]에서 말하는 것처럼 여러분이 여

기서 금이나 무기를 발견할 줄 정말 믿었다면, 작은 지
하 창고와 포도주 저장고를 샅샅이 뒤져본 것으로 충분
하지 않나요? 짚요 한 채하고 장궤틀뿐일 수녀들 방까
지 무엇 하러 뒤지겠다는 겁니까?

첫째 경찰 관리　가족에 의해 이곳에 격리 수용된, '법'의 보
호를 받을 권리가 있는 젊은 여시민들을 거기서 찾아낼
지 누가 알겠소?

마리아 수녀가 첫 수방을 연다. 비어 있다. 다른 방
의 문이 열렸다 도로 닫힌다. 목소리가 새어 나온다.
문이 다시 열리며, 수녀가 문지방 위에 나타난다. 기
다란 베일을 드리우고 있어 얼굴 식별은 거의 어렵다.

첫째 경찰 관리　이 괴상망측한 가장 놀음일랑 그만하시오.
그 베일을 벗으시오.

수녀는 꼼짝 않고 있다. 마리아 수녀가 베일을 벗으
라고 조용히 이른다. 그는 무척 늙은 수녀로, 가족에
의해 갇혀 있을 거라는 젊은 여성의 모습과는 동떨어

---

140 18세기는 온갖 진영의 신문이 쏟아져 나온 시대로, 봉쇄수도원도 그
것을 구독하고 있었음을 짐작할 수 있다.

진 얼굴이다. 첫째 경찰 관리는 신경질을 낸다.

첫째 경찰 관리　여시민, 열쇠 뭉치를 주시오. 이 동지가 방마다 나를 직접 인도할 거요. 당신이 있으니까 이 불쌍한 여자들이 어려워하는 게 분명하오.

　　　　난쟁이가 블랑슈의 수방 문을 연다. 그가 {찌푸린 얼굴을 문어귀에 들이밀자 블랑슈는 찢어지는 비명을 지른다. 양손은 앞으로 내민 채 방 안쪽 벽까지 뒷걸음쳐서, 죽기를 기다리듯 벽에 달라붙어 있다.}
　　　　마리아 수녀는 복도에 머물러 있다. 그 얼굴은 블랑슈의 겁 질린 행동에 대한 멸시와 분노로 어쩌지 못하는 격정을 감추지 못한다. 경찰 관리들이 들어가고 문이 도로 닫힌다. 안에서 목소리가 들려온다. 마리아 수녀는 침착함을 잃지 않으려고 애쓰는 것이 역력하다. 문이 다시 열린다.

첫째 경찰 관리　여시민, 이 젊은 여자가 언제부터 여기 감금되어 있는지 진술하기를 명하는 바이오.
마리아 수녀　나리가 직접 그에게 물어봐야 한다고 생각합니다.
첫째 경찰 관리　이 젊은 여자는 말하는 기능까지 잃은 모양이요……

마리아 수녀　나리가 방에 들어가서 겁을 먹은 것 아니겠습니까? 그런 풍채와 복장에 이 수녀가 어찌 당황하지 않을 거라고 생각합니까?

다른 경찰 관리　몽트를레 시민, 이 여자의 간교에 걸려 넘어지지 않도록 하시오. 젊은 여시민은 곧바로 시청에 가서 자신을 해명하게 될 거요.

마리아 수녀　당신네 가택 수색영장은 인신人身에 대해서는 아무 권리도 행사할 수 없습니다. 이 아가씨는 온전히 자의에 의해서만 여기서 나갈 것입니다.

　　　　마리아 수녀가 수방 안으로 들어간다. 겉으로는 무척 침착하나 얼굴에 동정 어린 일종의 불안감이 엿보인다.

블랑슈 수녀님……

첫째 경찰 관리　말을 계속하는 것을 금하오……

마리아 수녀　당신은 내게 침묵하라 할 권한은 있으나 그것을 의무로 짊어지울 권한은 없습니다. 나는 여기서 원장님을 대리하는 것이니, 당신 명령은 받지 않겠습니다.

다른 경찰 관리　고약한 여편네! 시민, 그 여자 아가리를 닥치게는 못하겠지만 '공화국'이 모가지 자르는 기계를 가지고 있다는 걸 상기시켜주게나.

첫째 경찰 관리　　그만하시오! 다시금 여러분께 되풀이하지만, 민중의 진정한 대표다운 자제력을 잃지 마시오.

그는 블랑슈 쪽으로 몸을 돌린다.

젊은 여시민, 당신의 해방자인 우리를 조금도 무서워하지 마시오. 한마디만 답하시오. 그러면 당신을 복종시키려고 신성한 '어머니'라는 이름까지 남용해가면서[141] 무엄하게도 자연의 본성을 거역한 자들의 권한 행사에서 벗어나게 될 거요. 당신은 이제부터 '법'의 보호를 받고 있다는 것을 아시오.

마리아 수녀　　그이는 우선 내 보호를 받고 있습니다. 여러분들이 어린 사람의 공포심을 악용하려는 것을 내가 그냥 둘 것 같습니까? 당신들이 알아듣지 못할 말을 쓰는 것은 삼가겠습니다. 죽을 때까지 우리를 여기 머물게 하고 하나 되게 해주는 것에 대해 당신네들은 아무것도 모르거나, 혹시 알았다 해도 잊어버렸을 겁니다. 그

---

141 수녀원에서 원장이나 부원장 격인 이 마리아 수녀 같은 이를 '어머니'라고 호칭하는 것에 대한 언급.

러나 어쩌면 우리 양측이 다 알아들을 수 있고, 또 당신네 양심을 건드릴 수 있는 말이 아직 남아 있을 테지요. 그래서인데요, 나리, 아무리 변변찮은 가르멜의 딸이라 해도 그에게는 영예의 부름이 공포의 목소리보다 더 크게 들린다는 것을 아시기 바랍니다.

영예라는 말에 블랑슈의 눈이 반짝 뜨인다. 그의 시선은 마치 잠에서 막 깨어난 사람의 눈길처럼 이 사람 저 사람에게로 옮겨 간다. 급기야 흐느껴 울며 강생의 마리아 수녀 품으로 뛰어든다.

〔장면 22〕

〔3장. 11〕

{집회실 앞. 회랑. 군경 두 명이 문을 지키고 있다. 회랑 아래 모여 서 있는 수녀들은 한 명씩 안으로 불려 들어가 심문을 받는다. 각 수녀는 들어가기 전 원장 곁에 무릎을 꿇고 강복을 청한다.

원장은 신중하고 간단히 답할 것을 권고한다. 강생의 마리아 수녀 차례가 되자, 그도 다른 수녀들처럼 무릎을 꿇었다가 안으로 들어간다. 경찰 관리들은 안에 서 있는데, 그중 첫째 관리만 원장용 안락의

자에 데면데면하게 앉아 있다. 강생의 마리아 수녀도 선 채 있다.}

첫째 경찰 관리　지금은 별수 없이 여시민이 방금 진술한 것
　　으로 만족해야겠소. 그러나 그에 관한 사안이 종료되었
　　다고 생각하면 오산이요. 나는 본 바대로 시市에 보고하
　　겠소.

마리아 수녀　당신이 바른 보고를 올려야 할 상대는 당신의
　　양심입니다. 그런 당신의 양심을 위해, 당신이 겁에 질
　　린 어린 처녀 말고 조만간 다른 적수와 맞서게 되기를
　　바랍니다.

첫째 경찰 관리　어떤 적수를? 아마 당신?

마리아 수녀　나는 누구와도 적수가 되지 못할 것입니다.

첫째 경찰 관리　하지만 난 당신 적이요.

마리아 수녀　당신 혼자 결정할 수 있는 것이 아닙니다. 왜
　　나하면 내 의무와 안목 둘 다 당신을 그런 사람으로 보
　　기를 거부합니다.

첫째 경찰 관리　당신의 그런 오만함을 당해낼 수 없다는 걸
　　아오.

마리아 수녀　나는 그저 당신이 오만하게 행동할 기회를 주
　　지 않는 것으로 만족할 뿐입니다. 그것 말고는 당신이
　　마음대로 나를 휘두를 수 있다고 생각한다면 그만일 테
　　고요.

첫째 경찰 관리 당신이 그런 투로 말하는 것은, 당신이 마음을 강하고 꿋꿋하게 먹을수록 바로 그만큼 약해질 거라 믿는 상대방 마음을 한 번 더 제압하기 위한 수단일 뿐이요.

마리아 수녀 그렇습니다. 틀리지 않습니다.

첫째 경찰 관리 당신 같은 사람들이 존재하는 한 애국 혁명 당원들에게 구원이란 없을 거요.

마리아 수녀 우리는 우리가 택한 규칙 아래서 자유롭게 사는 것 외에 아무것도 바라지 않습니다.

첫째 경찰 관리 '위대한 자유'의 적들에게는 자유가 없소.

마리아 수녀 우리의 자유는 당신네 수중 밖에 있습니다.

첫째 경찰 관리 바스티유[142] 감옥보다 천만 배 더 가증스러운 이곳 같은 또 다른 바스티유 감옥들을 '국가'가 용인한다면, 바스티유를 점령한 것이 무슨 소용 있겠소? 이런 데서는 무죄한 희생자들이 전제주의에 희생되는 게 아니라, 미신과 거짓말에 매일 희생되니까 말이요. 그렇소, 이 집은 또 하나의 바스티유 감옥이요, 우리는 이 소굴을 깨버리겠소.

마리아 수녀 마지막 한 명까지 남기지 말고 모두 없애도록

---

142 정치범을 가두던 파리의 감옥. 1789년 7월 14일, 이 감옥을 시민들이 습격하면서 프랑스혁명이 시작되었다.

하십시오. 성녀 데레사의 딸이 한 명이라도 있는 곳에
는 가르멜이 있는 겁니다…… 블랑슈, 이리 오시오.

아까부터 블랑슈는 감탄 어린 눈으로 그를 쳐다보
고 있다.

〔장면 23〕

〔3장 12〕

{수녀원 성당. 제의祭衣를 갖춰 입은 전속 사제가 미사를 마치고 제
대에서 내려온다. 그는 봉쇄 창살 쪽으로 가서 수녀들에게 가까이
오라고 한다.}

전속 사제　친애하는 따님들이여, 내가 지금 말하려는 것
　　은 당신들 중 어떤 이에게는 금시초문이 아니고, 나머
　　지 사람들도 듣고 별로 놀라지 않을 것입니다. 나는 내
　　직職에서 해임되고 추방당하게 되었습니다. 방금 집전
　　한 미사가 제 마지막 미사입니다. 감실[143]도 비웠습니

---

143 성체聖體를 모셔두는 장.

다. 나는 오늘 우리 믿는 이의 첫 조상들, 그리스도 교인으로서의 우리 조상들이 새로운 박해가 닥칠 때마다 하셨던 행동과 분명 하셨을 말을 되풀이하는 바입니다. 여러분도 알다시피, 세상사에서는 화해에 대한 기대가 끝내 없어지면 마지막으로 믿는 것은 힘입니다. 그러나 우리의 지혜는 이 세상 것이 아닙니다. 천주의 일에서 마지막 힘의 원천은 거룩한 영혼들의 희생입니다. 시기를 불문하고, 천주께서는 이 영혼들을 '당신'께로 불러 마지않으시나 오늘날은 '그분'께서 그들을 하나하나 이름으로 부르신다고 할 수 있을 것 같습니다. 그날은 가르멜에 위대한 날일 터입니다. 주님 안에서 작별 인사 드립니다. 여러분 모두를 강복합니다. 우리 다 같이 '십자가 경배'를 노래 부릅시다.

〔그는 물러가며 지성소至聖所의 등불[144]을 불어 끄고 감실 문을 열어놓는다.〕

---

[144] 감실龕室에 성체가 모셔져 있음을 표시하는 등불. 성체등.

〔3장 13〕

{면회실. 격자창을 사이에 두고 블랑슈와 전속 사제가 마주하고 있다. 블랑슈는 자신보다 사제의 처지를 집중해 묻는다. 추방자가 된 그의 처지와 운명에 자신의 고뇌를 비춰보는 것이다.}

블랑슈　신부님은 이제 어떻게 되십니까?

전속 사제　당면한 처지 그대로, 추방자가 될 뿐이요.

블랑슈　그 사람들은 '혁명 법외자法外者'라고들 합니다.

전속 사제　내 딸이여, 물고기는 물 밖에서 살 수 없지만 그리스도인은 그런 '법' 밖에서도 얼마든지 살 수 있소…… 그 '법'이 우리에게 무엇을 보장해주었습니까? 재산과 생명이겠지요. 우리가 포기해버린 재산과 천주 께만 속해 있는 생명 말입니다…… 말하자면 그 '법'은 우리에게 아무 쓸모가 없었던 거죠.

블랑슈　그러나 들리는 얘기가 사실이라면, 그 사람들은 알 아채자마자 신부님을 죽일 겁니다.

전속 사제　알아채지 못할 수도 있지 않을까요?

블랑슈　변복變服을 하실 거군요.

전속 사제　그렇소. 그렇게 하라는 공문을 받았소. 친애하는 블랑슈 수녀, 당신의 상상력은 언제나 너무 빨리 치달리는군요. 우리를 위협하는 저 불행한 사람들은 간파력보다는 증오심이 더 많소. 그래서 이내 익숙해질 몇 가지만 조심하면 나나 수녀님들, 우리는 얼마든지 무사할 수 있을지도 모릅니다.

블랑슈 '우리'라고요? 신부님은 우리를 떠나지 않으십니까?

전속 사제 그렇소, 따님. 그러니 안심하시오. 수녀원 근처에 머무르면서 할 수 있는 한 자주 오겠소. 주도면밀해야 할 문제니까, 강생의 마리아 수녀님과 여러 가지 일을 의논하겠습니다.

침묵.

블랑슈 아! 마리아 어머님이 절 어떻게 생각하실지요? 그분의 후의를 받기에 제가 너무 부당하다고 느낍니다.

전속 사제 내 딸이여, 사람은 자기가 받는 바에 항상 부당하기 마련입니다. 인간이 받게 되는 모든 것은 하느님으로부터 오는 것이니까요. 평안히 있기를. 존경하던 원장님이 돌아가신 후 마리아 수녀님의 사랑이 따님을 그 그늘로 덮어주었다고, *오붐브라비트 티비,*[145] 「시편」

---

145 *obumbrabit tibi.*

을 빌려 말하는 것은 비밀 누설은 아니겠죠. 당신은 그
날개 밑에서, 수브 페니스 에주스 스페라비스,[146] 계속
희망을 지켜가야 합니다. 마리아 부원장이 천주 대전에
수녀님에 대한 책임을 맡았음을 나도 알고 있습니다.

〔장면 25〕

〔3장 14〕

{전속 사제와 하직한 블랑슈는 막 나눈 대화 소식을 갖고 마리아
수녀 있는 곳으로 달려간다.}
················두 사람의 이야기·················
·····································

블랑슈   아! 마리아 어머님, 그게 참말입니까, 정말 천주님
앞에서 저에 대한 책임을 맡으셨습니까?

마리아 수녀   그런 말이 어떻게 가당하겠습니까? 딸이여, 각
자가 자신의 답을 하는 것이죠. 하지만 존경하는 원장님
이 돌아가시면서 수녀님을 내게 맡긴 건 사실입니다.

블랑슈   저는 어머님에게 참으로 무거운 짐입니다.

---

146 *sub pennis ejus sperabis*. 이상 라틴어 「시편」 91(90), 4의 삽입 인용.

마리아 수녀 아주 가볍기도 하지요. 어린애를 맡는 것은 절대로 무거운 짐이 아니오. 그러나 많은 걱정이 주어지긴 하지요.

블랑슈 앞으로는 제가 걱정을 덜 끼칠 수 있을 것 같아요. 어머님 곁에 있으면 정말 안심이 되니까요!

마리아 수녀 내 딸이여, 그런 믿음의 의탁은 오직 천주님께만 드리십시오.

〔장면 26〕

〔3장 15〕

{정원}

수녀들 몇 명이 과일을 거둬들이고 있다.

{콩스탕스는 나무에 올라앉아 과일을 먹는 중이다.}

한 수녀 이 불안한 시국에도 콩스탕스 자매 입맛은 여전한가 봐요. 그러니 내 바구니는 도무지 차지 않네요.

콩스탕스 수녀 그렇게 많이 쟁여서 무엇 하게요? 그 과일들이 상하기도 전에 죽을지도 모르는데요.

앞 수녀 그렇지만 우리가 정말 죽지 않는다면요? 콩스탕스 자매, 나는 죽고 싶은 생각이 없어요!

콩스탕스 수녀　오! 나도 그래요! 그렇지만 죽을지 아닐지 헤아리는 일을 천주께 맡겼다면, 나중에 먹을 걸 미리 염려하는 건 또 무슨 소용이겠어요? 좀 실컷 먹는 데 지금보다 더 나은 기회는 결코 없을 거예요!

아까 수녀　순교를 준비하는 방법치고는 참 야릇하네요!

콩스탕스 수녀　아! 용서하세요, 〔우리〕 자매님. 성당에서나 일할 적에나 또는 대★침묵 시간에 나는 다른 방식으로 순교를 깊이 준비할 수 있습니다. 지금은 쉬는 시간의 방식이고요. 두 방식 다 좋은 것 아니겠어요? 하지만 곰곰 생각해보면 순교자들의 본분은 먹는 것이 아니고, 먹히는 것이겠죠.

〔장면 27〕

〔3장 16〕

{원장의 수방. 새 원장이 강생의 마리아 수녀에게 수도 서원을 중지하라는 법령을 보여준다.}

그는 앉아 있고, 강생의 마리아 수녀는 선 채 법령을 다 읽은 참이다.

마리아 수녀　정부가 서원 폐지라는 기이한 일을 할 수 있다
　　는 것이 믿어지시는지요?

새 원장　믿어지건 아니건 법령은 수녀님께도 명백하게 보
　　일 테지요.

마리아 수녀　원장님은 이에 따르기로 결정하셨습니까?

새 원장　그렇습니다.

마리아 수녀　그럼 콩스탕스 수녀와 블랑슈 수녀는 서원을
　　못……

새 원장　그러게요.

　　　　　침묵.

마리아 수녀　그렇게 되면 들라포르스 아가씨로서는 아주
　　절실한 힘과 위안이 박탈된다는 것을 생각해보셨습
　　니까?

새 원장　생각해보았습니다. 나는 들라포르스 양을 위해서
　　내 딸 모두의 안전을 희생하는 위험을 무릅쓸 수는 없
　　습니다.

마리아 수녀　들라포르스 양보다는 작고하신 분의 마지막
　　당부와 우리 수녀원의 영예가 문제입니다.

새 원장　우리 중 누구 한 사람이라도 의무를 저버리면 그

것은 그야말로 시련과 굴욕일 터입니다. 마리아 수녀님, 나는 심한 말을 하고 싶지 않습니다. 그러나 수녀님은 마치 우리가 오래전부터 세속의 존경을 포기하지 않기라도 한 것처럼 영예에 대해 말씀하십니다. 수녀님도 잘 알다시피 가르멜의 딸들은 모두 수모와 치욕을 겪으신 '주님 수난'의 길로 '임'을 따라가야 하는 법입니다.

마리아 수녀　그러기에 앞서 고독과 공포 속에서 지내신 '그분의 마지막 밤'에 함께해야 하지 않겠습니까? 그런데 우리 중 마침 '주님의 지극히 거룩하신 임종 고난'이라는 수도명을 택한 자매가 그리할 수 없게 되는 것을 본다면, 우리 모두에게 무서운 불행이 아닐까요? 전쟁터에서는 가장 용감한 자들이 깃발을 드는 영예를 차지합니다. 그런데 천주께서는 우리의 깃대를 가장 약하고, 어쩌면 가장 딱한[147] 자매에게 맡기고자 하신 것 같습니다. 이것이 '하늘'의 징표 아닐까요?

새 원장　그 징표는, 따님 당신만을 위해 주어진 것이 아닐까 싶습니다. 수녀님이 바로 그 약함에 희생되고, 어쩌면 그 모멸을 대신 겪게 될지 모릅니다.

마리아 수녀　저는 기꺼이 그리되겠습니다.

---

[147] 멸시를 받을 만한.

긴 침묵.

새 원장　부원장 수녀님, 생각해보세요, 서원식 같은 예식은
밀고자들이 득실거리는 이 도시에서 조만간 소문이 새
지 않을 정도로 비밀리에 치를 방법은 없는 법. 얼핏 새
어 나가기만 해도 우리 목을 자를 것입니다.

마리아 수녀　우리로서는 죽는 것 외에 더 나은 게 무엇이
있겠습니까?

〔장면 28〕

〔4장 1〕

{집회실. 수녀들이 모두 엄숙하게 모여 있다. 정부 법령을 읽기 전
에 원장은 수녀들과 함께 수도회의 성녀, 곧 아빌라의 대★데레사가
지은 찬가[148]를 부른다.}

---

[148] 알베르 베갱 판본에는 그 가사를 적어놓고 있다. "나는 당신의 것이
오며 당신을 위하여 이 세상에 있나이다. / 나를 어떻게 처리하기를 원하
시나이까? / 내게 부나 빈곤을 주옵소서, / 내게 위로나 슬픔을 주옵소서, /
조용한 생활과 가림 없는 태양을 주옵소서, / 나를 온전히 당신께 바쳤사
온즉, / 내게 기쁨이나 고뇌를 주옵소서. / 당신은 나를 어떻게 처리하기를

새 원장　나는 다른 명령이 있기 전까지 수도 서원을 중지하라는 '의회' 법령을 따님들에게 읽어드려야 합니다.

이 조치는 우리 한 사람 한 사람 모두에게 슬픔이지만, 콩스탕스와 블랑슈 두 수녀님에게는 훨씬 더 가혹합니다. 그러니 사랑하는 두 사람에게 먼저 말하겠습니다. 나는 두 분이 고대하던 그 행복을 대범하게 희생하기를 권고합니다. 가혹한 명령 탓에 엄숙한 서원식이 불가능해진 대신, 그 서약을 마음 깊이 비밀리에 '지존하신 분'께 바치십시오. 법령의 부당성 여부는 우리처럼 하찮은 종들의 소관이 아닙니다. 왜냐하면 우리의 사명은 불의에 대항하는 것이 아니라, 다만 그것을 대신 속죄하고 그 값을 치르는 일이기 때문입니다. 그런데 우리는 이제 불쌍한 우리 자신밖에 다른 것이 없으니, 우리 자신이 이 속량값이 됩니다. 불의에 맞받아치지 않으려는 우리는 불의의 하수인들을 판단할 권리도 없습니다. 우리로서는 생각하는 중에서건 기도하는 중에서건 다른 측은하고 가난한 사람들과 박해자들이 구별되지 않을 것이고, 혹 구별된다 해도 그들은 더 심히 가난한 존재로, 아니 더 적절히 말하자면 생각할 수 있

원하시나이까?"

는 최악의 비참을 짊어진 존재로 기억될 것 같습니다. 왜냐하면 그들은 자기들이 '왕 되신 그분'의 적이라고 믿을 정도로 천주의 은총을 박탈당한 존재들로 보이니까요. 그런 비참은 제대로 끓인 수프로도 달래지 못하니, 오직 필요한 것은 기도뿐입니다.[149] 그런데 가르멜의 전통은 흠결 없는 질 좋은 기도를 드리는 데 있지요. 그러니 우리는 겸손히 계속해야 합니다. 내 직분상 임무를 잘 인지하고 진솔하게 말하겠습니다. 아무리 동기가 고상하더라도 마음을 산란케 하여 우리 신분의 소박한 본분에서 벗어나게 하는 일종의 흥분을 이 이상 용납할 수는 없습니다. 물론 거기에는 나쁜 뜻이 있다기보다 어린애 같은 생각이 더 많다는 것을 알고 있습니다. 그러나 이런 부질없는 짓을 끊자면, 그 짓이 우스꽝스러운 행태까지는 아니더라도 모순적이라는 걸 우선 지적할 필요가 있습니다. 네, 따님들이 죄인들을 위해서 즉 그들이 회개하고 딴사람이 되길 바라 기도한다면서, 동시에 저들이 중죄임이 분명한 살인을 봉헌된 자들에게 저지르도록 내버려둘 겁니까? 솔직히 말합시다! 상관의 명령을 이행하기도 전에 죽기를 원하는 군인은 나쁜 병

---

149 박해자, 곧 가해자의 영신적 비참을 메꿀 기도를 공동체 전체가 하도록 독려한다.

사인 것과 마찬가지로, 순교의 갈망에 빠진 가르멜 수녀는 나쁜 수녀입니다. 격언이나 비유는 이쯤 해둡시다. 신중히 생각한 끝에 원장으로서의 내 바람을 말씀드리면, 이 '공동체'가 전과 다름없이 소박하게 살아가는 것입니다. 지금까지는 수도원들이 아무 화를 입지 않았지만, 앞으로도 무탈하리라는 보증은 전혀 없습니다. 그뿐만 아니라, 무슨 일이 닥쳐오든 우리는 천주께서 마치 한 푼씩 한 푼씩 주시듯 그날그날 내려주시는 그런 용기밖에는 믿지 말아야 합니다. 이런 용기만이 우리에게 적당한 것이고, 우리 스스로 낮춘 처지[150]와 제일 걸맞은 것입니다. 그것을 '그분'께 청하는 것조차 어쩌면 도를 넘은 오만일지도 모릅니다. 공포심이 우리를 우리의 힘 너머까지 가혹하게 다루지 않도록, 우리가 그 공포심을 욕되게 여기되, 다만 굴욕받았다고 비난받을 만한 어떤 부끄러운 행동으로 치닫지 않도록 '그분'께 기도드리는 편이 낫습니다. '공경하는 주님 성심' 안에서 인류의 고통 전체가 거룩해진 겟세마니 동산에서 바라보며 생각해보면, 공포심과 용기를 구별하는 일은 저에겐 결국 부질없이 느껴지고, 두 가지 다 우리에겐 겉도는 어설픈 장신구같이 보입니다.

---

150 겸손.

〔장면 29〕

〔4장 2〕

〔모여 있던 수녀들이 흩어진다. 그중 한 무리는 정원으로 향하는데, 블랑슈도 강생의 마리아 수녀를 만나러 그리로 간다.〕

블랑슈　마리아 어머님, 원장님이 이런 시기에 비밀 서원식이라는 위로마저 어찌 거절하시는 걸까요? 저희는 알아요, 어머님이 촉구해주시기만 한다면……

마리아 수녀　나로서도 순명할 수밖에 없습니다.

블랑슈　그렇지만 원장님은 어머님 판단을 아주 중시하시잖아요……

마리아 수녀　내 판단보다도 원장님 판단을 훨씬 더 중요하게 생각하는 것이 내 의무입니다.

블랑슈　그렇지만 지난번 수건 수여 예식도……

마리아 수녀　그때는 그런 법령이 곧 내려올 거라는 위험 상황일 뿐이었지요. 그런데 오늘 우리는 효력이 확실히 발생한 법령 아래 놓여 있습니다. 그러니까 꼭 필요한 이유가 없다면, 적의 분노를 사지 않고자 하는 원장님은 정말 바른 판단을 하신 겁니다.

블랑슈　마리아 어머님이 그리 말씀하시다니요? 우린 집 안에 틀어박힌 작은 토끼처럼 사람 눈에 띄지 않기만 바라야 할 만큼 불운한 처지에 이른 건가요?

〔장면 30〕

〔4장 3〕

〔한길. 수녀원 담을 에워싸고 카르마뇰[151] 불러대는 소리가 들리더니 마침내 그 소리는 수녀원 안으로 진입한다. 경찰 관리들이 계속 노래 부르는 민간인들을 대동하고 징발 차 수녀원 안으로 쳐들어온 것이다. 혁명군들은 봉쇄 문을 부순다. 그들 앞으로는 겁에 질려 손 방울종을 울리며 종종걸음치는 수녀 한 명. 혁명군들은 제의실을 장악해 제자리에서 떼어낸 회전접수 틀을 바구니 삼아 제의며 성물聖物들을 그 안에 쌓아놓고, 뜯어낸 창살에서 휘장을 벗겨 그 모두를 덮어둔다. 그들은 망토와 왕관을 벗기고 '영광의 어린 왕' 성상을 한쪽 구석으로 던진다. 그러는 동안 공동체는 강생의 마리아 수녀 지휘 아래 집회실에 집결해 있다. 약탈을 지켜보던 원장은 손수 '영광의 어린 왕' 성상을 들어 올려 바로 세운다. 강생의 마리아 수녀와 다른 수녀들은 기도로 극한의 희생에 임하는 자세를 보인다. 원장이

---

151 혁명군의 대포 소리를 찬양하며 춤을 추자는 혁명가.

돌아와 그들을 안심시킨다. 수녀들은 모두 큰 베일을 쓰고 있다.}

마리아 수녀   자! 자! 내 딸들이여, 진정하시오. 지금으로서
는 이 기도밖에는 다른 기도를 드릴 수가 없군요. 천주
와 온전히 결합해 있으시오.

....

{문이 열릴 때 모든 수녀는 꼼짝 않고 있다. 머리 하
나만이 놀라서 돌아본다. 블랑슈의 머리다.}

새 원장   조용! 나는 이 '집'이 발길에 걸어차인 개미굴같이
되는 것을 용납하지 않겠습니다.

침묵.

오늘 여러분의 친구들[152]이 받은 공격 앞에서 오직 하
느님이 모독당하심만을 슬퍼하십시오. 그리고 그것을
범한 사람들을 위해서 기도하십시오. 그들이 훔쳐 간
금이나 은이야 아무렴 어떻습니까! 우리가 으뜸으로 받
아들인 생활 조건이 가난 아닙니까? 향후 우리가 아무

---

152 성물들.

리 가난해지더라도 우리 '스승님'을 닮기에는 여전히 까마득할 것입니다. 우리는 여태 '그분'만큼 가난하지 못합니다.

동요가 차츰 가라앉는다.

네! 네! 성당과 수도원이 약탈당한 것은 이번이 처음이 아닙니다. 전쟁 때마다 여러 번 보아왔지요.

〔장면 31〕

〔4장 4〕

〔작은 수방. 창가. 밖에는 눈이 내린다. 고요와 침잠. 무척 연로한 수녀 한 명이 설렌 듯 서둘러 바느질을 하고 있다. 문이 열리고 원장 수녀가 헐벗은 '영광의 어린 왕' 성상을 모시고 들어온다. 성탄 밤[153]이다. 그 '영광의 어린 왕'에게 입힐 옷은 제때 다 지어질 수 있을까? 성상을 바라보는 노수녀는 격한 감동에 찬 모습이다. 수녀는 그분께

---

153 12월 25일이 아니라 24일 밤, '크리스마스이브'에 예수성탄대축일 밤 미사를 거행한다.

정말 초라하고 짧은 옷을 입혀드린다. '**그래도 이분이 우리에게 남아 계시니 우리는 온 세상에서 가장 부유한 자일지라.**'〕

〔4장 5〕

〔수녀원 복도에 면한 수방 문들이 모두 열려 있다. 원장과 강생의 마리아 수녀는 촛대를 든 수녀 두 명을 데리고 행렬을 한다. 원장은 방마다 다니며 두 손으로 받쳐 든 '영광의 어린 왕' 성상을 현시해 보인다. 자신의 수방 문 앞에 대기하던 수녀들은 무릎을 꿇고, 초라한 옷을 입은 그 성상을 받아 자신의 수방 안 안치대 위에 잠시 모시고 공경[154]을 드린다. 수녀가 곧 그 성상을 들어 올리면 이번에는 원장이 꿇어앉으며 다시 받아 안는다. 예식의 마지막 차례, 블랑슈의 수방. '**아! 작기도 하시오나 얼마나 강하신지!**'라고 강생의 마리아 수녀가 받아 읊는다. 블랑슈는 성상 위로 몸을 굽힌다. 그 순간 '카르마뇰'이 왁자하니 들려온다. 블랑슈는 소스라치다가 성상을 손에서 놓친다. 바닥으로 떨어져 목이 부러진 성상의 모습에 수녀들이 모두 경악한다.

가대소. 약탈로 헐벗은 그곳에서 수녀들은 성탄 기도를 노래로 부른다.〕

---

154 작가가 굳이 흠숭adoration이라는 용어를 쓰지 않았기에 흠숭, 상경, 공경을 모두 아우르는 넓은 뜻으로 두루 '공경'으로 번역한다.

장면 32

〔4장 6〕

원장의 수방(블랑슈가 온다).

새 원장　내 딸이여, 우선 무릎을 꿇으시오. 그리고 우리 사
모師母 데레사 성녀의 기도를 같이 드립시다……

　　　　〔원장이 아빌라의 데레사 성녀 기도문의 각 구절
**(나는 당신의 것이오며 당신을 위하여 이 세상에 태어
났습니다. 제가 무얼 하기를 원하시나이까?……)**을 읊
고 블랑슈가 곧이어 반복한다…… 그런데 블랑슈는
마지막 부분을 바꿔 읊는다. **'내게 피난처나 치명적인
고뇌[155]를 주옵소서. 제가 무얼 하기를 원하시나이까?'**
원장이 놀라 그를 쳐다보며 지적할지 잠시 망설이다
가 마침내 아무 일도 없었던 듯 처신한다.〕
　　원장이 몸을 일으킨 다음 다시 착석한다. 침묵.

155　각주 148 참조. 한편 치명적인 고뇌는 죽음의 고뇌를 뜻한다. '그리스
도 임종 고난의 블랑슈'라는 수도명을 자각하는 암송.

수녀님은 내가 왜 오라고 했는지 알겠지요?

　　침묵. 블랑슈는 대답하지 않은 채 고개를 숙인다.

이별은 딸 못지않게 어미에게도 괴로울 것입니다.

　　침묵.

　　사랑하는 따님, 나는 당신과 합의 없이, 적어도 당신의 속 깊은 생각과 합의하지 않고는 그 무엇도 하고 싶지 않습니다. 내가 지금 말하는 것에 대답하라 하지 않겠습니다. 대답하기 어려우면 이따가 마음을 가다듬고 기도할 때 천주께 그 답을 드리시오. 내 딸이여, 당신도 나도 당신이 치명적인 고뇌[156]를 물리쳐 이기게 되리라고 더 이상 바랄 수 없게 되었습니다……

　　침묵.

분명 다른 때라면…… 혹 이다음에는…… 어쩌면……

---

[156] 원장은 블랑슈가 아까 기도 중에 이런 표현을 썼던 걸 주목하고 있었음이 드러난다.

침묵. 블랑슈는 황망하기까지 한 눈으로 비통하게 원장을 응시한다. 드러날 듯 말 듯 하지만, 블랑슈의 고통을 온전히 전해 받은 원장의 얼굴. 말을 꺼내는 그의 목소리는 약간 떨린다.

우리가 당신을 세속으로 도로 내보내는 것이 정말 부당하다고 생각합니까?

블랑슈는 잠시 더 잠자코 있다. 그러다가 아주 안간힘을 쓰며 대답한다.

블랑슈 제가…… 제 본성을 극복하리라고 더는 바랄 수 없는 건 맞습니다. 예…… 그러지 못해요…… 아! 원장님, 저는 밖에 나가게 되면 죄수가 차꼬 쇠뭉치를 끌며 걸음을 옮기듯, 제 수치를 가는 곳마다 끌고 다닐 테지요. 병자가 부끄러운 상처를 내보이듯, 제가 '지존하신 분'께 치욕을 내보이고 바칠 수 있는 유일한 곳은 이 수녀원뿐입니다. 원장님, 결국 천주께서는 착한 사람이나 어리석은 사람을 다 용인하신 것처럼, 제가 비겁한 여자이기를 원하셨던 건지도 모르겠습니다……

블랑슈는 크게 울음을 터뜨린다……

새 원장　진정하시오. 이 일을 전반적으로 다시 숙고해보겠습니다.

　　　블랑슈가 무릎을 꿇고 원장의 손에 입을 맞추자 원장은 그에게 강복한다.

장면 32.bis

{부속 식당. 수녀들이 식탁에 앉아 있다. 막 식사가 시작되었다. 원장이 블랑슈와 들어오자 독서[157]가 중단된다. 식사가 재개된다. 공포가 때로는 거룩한 성격을 띠기도 한다는 내용의 독서가 이어진다.}

〔장면 33〕

〔4장 7〕

---

157 침묵 중에 식사하는 수도자들의 공동 식사 때 한 명이 큰 소리로 순교록 등을 읽는 독서.

〔수녀원에 딸린 어떤 장소에서 비밀리에 드리는 '성금요일' 예식[158]에 몇몇 평신도들이 와 있다. 야간 집회. 남자들이 망을 본다. 여인들과 아이들도 있다. 수녀들이 발소리를 죽여가며 도착한다. 그 중 한 수녀가 전례복을 준비하는데, 사제는 아직 도착 전이다. 밖에서 한두 번 신호 외침 소리…… 사제가 들어오고, 아이들은 그의 손에 입을 맞춘다.〕

전속 사제 여러분을 처음으로 떠났던 날만 해도 저는 자주 돌아와 모두를 만나리라 희망했었지요. 그러나 상황은 제 예상과는 아주 딴판이었습니다. 그로 인해 제 성무 수행聖務遂行은 날로 더 어려워지고 있습니다. 앞으로는 천주께서 기꺼이 허락하시는 때만 우리가 한 번씩 모일 수 있을 것이고, 그때마다 그런 기적을 베푸신 '그분'께 감사해야 마땅할 터입니다. 달리 어쩌겠습니까! 덜 암담한 시절에는 '지존하신 분'께 드리는 공경이 이 세상 왕들에게 표하는 경의와 너무 흡사해 보이는, 단순한 예식의 성격을 띠기 쉽습니다. 비록 이러한 예식들이 『신약』보다는 『구약』의 정신에서 비롯한다 하더

---

158 부활절로 이르는 '파스카 성삼일聖三日' 중 성금요일에 거행하는, 예수의 십자가 수난을 기리는 예식.

라도,[159] 천주께서 이러한 공경을 기꺼이 받지 않으신다는 뜻은 아닙니다. 이런 제 표현에 양해 바랍니다만, '그분'께서 그것에 싫증이 날 수 있습니다. 주님은 가난한 자들 가운데 사셨고, 우리 가운데에서 여전히 가난하게 살고 계십니다. 주님은 가난한 자들로부터 가난한 자들의 방식대로 받아들여지고 공경받기 위해 우리를 당신처럼 가난하게 만들고자 작정하시는 때가 언제라도 닥치기 마련입니다. 그럼으로써 주님은 옛적 갈릴래아 길 위에서 받았던 바를 되찾으시려는 것이겠지요. 비천한 이들의 환대, 그들의 소박한 영접 말입니다. 그분은 가난한 자들 가운데 살고자 하셨고 그들과 더불어 죽고자 하셨습니다. 파스카 명절[160]이 아직 오지 않은 그 어두운 시기에 죽음을 향해, 즉 '당신'이 희생으로 바쳐질 장소인 예루살렘을 향해 '그분'이 걸어가신 것은, 본인 영지에서 주민들의 행렬을 앞장서 이끄는 어떤 '백작'처럼 하신 일이 아니었습니다. 누구에게 도전할 생각을 하기는커녕 사람들 눈에 띄지 않도록 최대한 몸을 움츠

---

159 제사 양식을 자세히 언급한 「신명기」 16 등 여러 곳 참조.

160 여기서는 예수의 결정적 부활 사건을 의미한다. '통과하다'라는 뜻의 파스카 축일은 원래 이집트에서의 해방을 기념하는 유대 전통의 과월절, 유월절인데, 예수의 죽음이 부활로 건너가는 것을 기념하는 가톨릭교회에서는 성삼일을 '파스카 삼일'로 부른다.

리는 가엾은 사람들 틈에 끼어서 그렇게 나아가신 것입
니다…… 그러니까 이제는 저 사람들처럼 죽음을 모면
하기 위해서가 아니라, 필요하다면 주께서 친히 죽임을
당하신 것처럼 그 고통을 당하기 위해서 우리는 아주
작은 자가 됩시다. 정녕 성서의 말씀대로 그분은 도살
자의 손에 넘겨진 어린 양[161]이었습니다. 이제 '십자가'
경배 예식이 있겠습니다.

{사제는 부활 날 다시 오겠다고 약속하고 떠나간다.

부활 날 아침. 여태 도착하지 않은 사제를 모두 기다리는 중이다.}

장면 34

〔4장 8〕

새 원장　우리 신부님이 아니던가요?

마리아 수녀　네, 원장님. 더구나 이렇게 지체되는 걸 보면

---

161 「이사야서」 53, 7. 희생 제물로 바쳐진 어린 양. 가톨릭교회에서 '천
주의 고양羔羊' 즉 '하느님의 어린 양'은 바로 속죄의 희생 제물이 된 예수
를 지칭.

아예 못 오시는 것 같습니다.

새 원장　골목길을 살펴봤습니까? 언젠가도 세탁장 문으로 들어오시려고 했는데, 빗장으로 잠겨 있었던 적이 있지요.

한 수녀　앙투안 수녀가 새벽부터 지켜보고 있습니다.

다른 수녀　엊저녁에 사람들이 우리 빵 가게 티보 영감을 찾아와서 시청으로 끌고 갔다나 봅니다.

한 수녀　그이의 경쟁자 세르바가 밀고했답니다.

새 원장　(여전히 침착하게) 압니다, 알아요…… 그러나 우리 신부님은 금요일 저녁에 은신처를 옮기셨습니다.

콩스탕스 수녀　그리스도교 국가에서 사제들을 뒤쫓다니 믿을 수나 있겠어요? 프랑스 사람들이 이렇게나 비겁해진 건가요?

한 수녀　두려워 그러지요. 모두가 공포에 질렸어요. 페스트나 콜레라가 창궐한 시절마냥 그들은 서로를 두려워합니다.

다른 수녀　정말 수치스럽습니다!

블랑슈 수녀　(감출 수 없이 절로 새듯, 꿈속에서인 양 횡한 목소리로) 사실 공포심도 질병인지 모르지요.

　　　　가벼운 수군거림. 이어 침묵. 블랑슈는 새삼 깨어난 것처럼 좌우를 둘러본다. 비난하기보다는 당황한 기색으로 수녀들은 그의 눈길을 피한다.

마리아 수녀　두려운 것이 아니라 두렵다고 상상하는 겁니다. 공포심은 마귀가 낳는 환상입니다……

블랑슈 수녀　(여전히 이상한 목소리로) 그러면 용기는요?

마리아 수녀　용기도 얼마든지 마귀의 환상일 수 있지요. 또 하나의 환상. 그래서 우리 각자는 마치 제 그림자와 장난치는 미친 사람처럼 자신의 용기나 공포심을 상대로 발버둥질하는 처지에 빠질 수 있지요. 다만 한 가지 중요한 것은, 용감하건 비겁하건, 우리는 언제나 천주께서 원하시는 곳에 있어야 하며 나머지는 '그분'께 맡기는 것입니다. 그렇습니다. 사냥개에 몰린 수사슴이 시커먼 찬물 속에 뛰어드는 것처럼, 공포심 앞에서는 천주의 거룩한 뜻에 전적으로 투신하는 것밖에 다른 처방이 없습니다.

콩스탕스 수녀　그렇지만 궁지에 몰린 수사슴이 개들을 향해 저항하기도 하잖아요? 우리 사제님들을 옹호하고 나설 프랑스 사람들은 없을까요?[162]

새 원장　우리 소관이 아니지요.

---

162 사실 반혁명의 기치 아래 사제와 왕정을 옹호한 방데Vendée 지방의 격렬한 농민군 전쟁(1793년 3월~12월)이 촉발되기도 했다.

마리아 수녀　(다른 수녀들을 향해) 그렇다고 해서 원장님 말씀은 우리가 그리 소망하는 것마저 금지되었다는 뜻은 아닙니다.

한 수녀　사제들이 없어 우리네 백성이 성사聖事를 받지 못하는 날이 오면 우리가 무슨 소용일까요?

새 원장　사제가 부족해지는 시기에는 순교자들이 많이 나오는 법. 그럼으로써 성총聖寵의 균형이 다시 이루어집니다.

　　　　침묵. 말을 꺼내려다 말고 아직 망설이고 있는 마리아 수녀. 몇몇 수녀가 먼저 머리를 돌려 그를 바라본다. 이윽고 콩스탕스와 블랑슈만 제외하고 모두 그를 쳐다본다. 블랑슈는 처참할 만큼 슬픈 표정으로 눈을 내리깔고 있다. 콩스탕스는 일종의 열렬한 호기심으로 블랑슈를 지켜본다.

마리아 수녀　(갑자기 낮은 목소리로 또박또박 말한다. 지극한 격정을 제어하고 있음이 느껴지는 목소리) 성령께서 방금 원장님의 입을 통해 말씀하신 것 같습니다.[163]

---

163 예전과 달리 지금 순교 발원 지지를 원장의 입에서 들었다는 뜻으로 하는 말.

모두 술렁거린다. 이어 침묵이 깃든다. 원장은 여전히 침착한 얼굴을 지키고 있으나 긴장된 의지가 느껴진다. 이 두 여인 간의 생각 차이가 크게 엿보이는 극적 분위기.

마리아 수녀　(여전히 또박또박한 목소리) 서원 중지를 내세우는 반종교적인 정치체제[164]에 대해, 나는 우리 공동체 전체가 장엄 순교 서원을 발發함으로로써 대항해야 한다고 생각합니다.

표현은 자제하고 있으나 전체적으로 동의하는 분위기. 두세 명의 노수녀들은 고개를 숙인다. 블랑슈는 천천히 얼굴을 쳐들고 강생의 마리아 수녀를 뜨거운 눈길로 쳐다본다.

마리아 수녀　프랑스에 사제들이 계속 있으려면 가르멜의 딸들은 이제 목숨밖에 바칠 것이 없게 되었습니다.

새 원장　(꽤 긴 침묵 후, 냉정하게) 수녀님은 내 말을 잘못

---

164 국교를 수호했던 구정체(앙시앵레짐)를 엎으며 새로 등장한 대혁명기의 정체政體.

들었거나 적어도 잘못 이해하셨습니다. 나중에 성무일
도서[165]에 우리 하찮은 이름을 남기게 될지 아닐지는 우
리가 결정할 바가 아닙니다. 나는 스스로 상석을 찾아
앉았다가 잔치를 베푼 '주인'에 의해 말석으로 쫓겨갈,
「복음서」에 나오는 저 손님[166] 같은 사람이 되어서는 절
대 안 된다고 생각합니다.

이 말에 마리아 수녀는 예의상 잠자코 있다. 몇몇
젊은 수녀의 얼굴은 실망의 빛을 띠고 어떤 얼굴들에
는 야속하다는 표정마저 보인다.

새 원장　자…… 그만…… 순교라는 말을 하기는 쉽습니다.
그러나 불행이 우리에게 닥치면……

마리아 수녀　(억제하지 못하는 기색으로) 원장님이 어찌 그
걸 불행이라 부르시는지요……

새 원장　사람들이 보통 쓰는 뜻으로 그 단어를 말한 겁니
다. 죽음을 기꺼워한 큰 성인들도 있고, 그것을 싫어한
성인들도 있었고, 어떤 성인들은 죽음을 피하기까지 했

---

165 순교 성인품에 오르게 되면 그들을 기리는 축일 날짜가 성직자와 수
도자의 기도서인 성무일도서에 표시된다.
166 「루카 복음서」 14, 7~11.

습니다. 내 수도모를 걸고 하는 말입니다![167] 누구나 불행이라고 부르는 것을 우리가 행복이라고 부른다고 해서 더 나아지겠습니까? 몸이 생생한데 순교로 죽기를 원하는 것은, 마치 고기 요리에서 올라오는 김만 맡아도 배가 부르려니 생각하는 미친 사람처럼 마음에 헛바람만 잔뜩 채우는 격입니다.

원장은 안경 너머로 수녀들을 살펴보는데, 그중에서도 젊은 수녀들을 더 유심히 살펴본다. 모두 고개를 숙이고 있다. 원장의 눈길과 목소리가 이상할 정도로 부드러워진다.

사랑하는 따님들, 나는 여러분이 차분함을 좀 되찾도록 그리 말했습니다. 모두 발이 땅에 붙어 있지 않고 너무나 가벼워진 나머지, 당신들 치마 밑으로 바람이 한 번 획 불기만 하면 필라트르 씨[168]의 기구마냥 공중으로 둥실 떠올라가 구름 속으로 사라질 것처럼 보였

---

167 가르멜에서는 쓰지 않는 뿔 형태의 수도모cornette를 언급하여 의도적 과장과 익살로써 심각한 분위기를 누그러뜨리려는 원장의 마음이 느껴지는 짐짓 허튼 비유.
168 필라트르 드 로지에Pilatre de Rozier, Jean François. 기구를 타고 영불해협을 건너던 중 사고로 죽은 18세기 프랑스 물리학자.

거든요…… 그런데 내게는 내 딸들이 절실하단 말입니다! 내 딸들 없이 나는 어떻게 되겠습니까? 여러분이 막 들었듯이 좀 속되고 허튼소리 하는 이 늙은 여인 말입니다……

침묵. 분위기가 누그러진다.

마리아 수녀님, 내가 수녀님을 두고 말한 게 아니라는 것은 천주께서 아십니다. 한데 지금 여기야말로 내가 생각하는 바를 터놓을 가장 좋은 기회인 것 같습니다. 수녀님이 나보다 수천 배 더 이 직책에 적임자였습니다. 그러나 그것을 내가 맡은 이상, 부족하나마 내 분별력과 바탕에 따라 일을 해나가겠습니다. 왜냐하면 이렇게 중대한 상황에 천주의 '섭리'가 나처럼 단순하고 범용한 원장을 이 '공동체'에 주신 것은 그럴 만한 이유가 있으리라고 생각하기 때문입니다.

마리아 수녀　저에게는 제 판단을 원장님 판단에 합치시키는 것보다 더 흐뭇한 일이 없음을 원장님은 아십니다.

새 원장　수녀님이 내 자리에 있었다면 내가 그 순교 서원을, 그것도 수녀님 손에 드리는 것[169]이 내게도 대단히

---

169 장상의 두 손을 잡고 복종의 뜻과 함께 드리는 서원. 장상에 대한 전

복된 일이겠지만……

마리아 수녀　원장님은 믿으셔도 좋습니다. 이 '공동체' 전
체는……

새 원장　'공동체 전체'라는 건 없습니다. 한 공동체에는 언
제나 강한 면과 약한 면이 있습니다. 그리고 강한 면,
약한 면이 똑같이 필요합니다. 이 약한 면모들을 생각
해서 나는 수녀님의 요청을 허락할 수가 없습니다.

수녀 두세 명이 반사적으로 블랑슈 쪽으로 얼굴을
돌렸다가 이내 원래 자세로 돌아간다. 블랑슈의 고개
가 보일 듯 말 듯 조금씩 점점 더 수그러진다. 그러나
자신은 정작 느끼지 못하는 듯하다. 콩스탕스는 창백
한 얼굴로 몇 마디 중얼거린다.

새 원장　(아주 부드럽게) 콩스탕스 수녀, 무슨 말을 하셨나
요? 서슴지 말고 발언해보시오. 지혜가 막혀버린 노老현
자들은 어린이들의 말에 귀를 기울여야 하지요.

콩스탕스 수녀　원장님, 명령으로 하시는 말씀입니까?

새 원장　네, 그렇다고 합시다!

콩스탕스 수녀　저는 제가 방금 원장님이 말씀하신 약자들

적인 순명을 표현.

에 속한다는 데 대해서 공동체의 용서를 빕니다.

새 원장   그렇다고 확신하나요?

콩스탕스 수녀   원장님이 허락하신다면, 말씀드리……

　　이 대화 동안, 블랑슈는 차츰 고개를 든다. 콩스탕스 수녀가 다시 말을 계속하려는 순간, 들라포르스 양의 시선과 딱 마주친다. 콩스탕스 수녀는 잠시 멈칫거리며 말을 잇지 못한다. 그가 자기 동무에 대해 연민의 마음을 가지고 있지만, 그래도 그것 때문에 거짓말하지는 못한다는 것이 느껴진다. 그는 막연한 언급으로 이 고비를 넘기는데, 그 의미는 영화[170]의 초반에 나온 그와 블랑슈의 대화에서 찾아낼 수 있다. 그는 점점 더 창백해지지만 결연하다.

　　원장님이 허락하신다면 말씀드리겠습니다. 제가 죽기를 두려워하는지는 정말 확실히 모르겠습니다. 그러나 삶은 확실히 너무나 사랑합니다! 따지고 보면, 이 둘은 마찬가지 아닐까요?……

한 수녀   콩스탕스 자매는 생각 없이 말하는군요……

---

[170] (원주) 베르나노스가 영화를 계속 의식하면서 이 작품을 집필하고 있었음을 보여주는 어휘. '장면 10'을 볼 것.

다른 수녀　콩스탕스 자매는 우리에게 걸림돌이 되는 말을
　　하는군요![171]

콩스탕스 수녀　(괘념하지 않고) 그래도 난 상관없어요……

　　　그러다가 말을 돌이키면서 뺨까지 붉어진다.

　　자매님, 용서하셔요. 방금처럼 말하면 적잖은 멸시를
　　받으리라고 미리부터 각오하고 있었기에 상관없다고
　　했을 뿐입니다.

새 원장　여기 있는 그 누구도 수녀님을 멸시할 뜻이 없습
　　니다, 콩스탕스 수녀. 오히려 수녀님이 우리를 깨우쳐
　　주는 셈입니다……

　　　　침묵. 이어 친화적인, 동지 의식에 가까운 웃음을
　　머금고

　　한데 순교를 찾아 돌아다녀서는 안 되듯이 멸시를 찾
　　아 돌아다녀서도 안 됩니다. 매사는 때가 되면 찾아옵
　　니다.

---

171 삶을 너무 사랑하기에 순교를 거부하는 거냐는 반론.

장면 35

〔4장 9〕

{공동 작업실. 수녀 몇이 바느질을 하면서 전속 사제의 강론을 화제 삼고 있다. 처형 방식마저 그토록 잔인한 죽음이 불가피해진 걸 알게 되었을 때 그리스도 그분 마음의 주된 감정은 무엇이었을까?}

한 수녀　나는 그런 강론은 난생처음 들었어요.

다른 한 수녀　그건 실제로 죽을 위험에 처해 있는 사제가 '주님 수난'에 대해 강론하는 걸 들은 적이 없었기 때문이기도 하겠지요.

또 다른 한 수녀　죽음이라…… 생사의 주인이 죽음과 마주 대하고 계심을 떠올려보기란 쉽지 않은 일이군요.

한 수녀　올리브 동산에 계신 그리스도는 더는 그 무엇의 주인도 아니었습니다. 인간의 고뇌가 그보다 더 극심한 지경까지 다다른 적은 결코 없었고 앞으로도 절대 닿지 못할 테지요. 숭고한 수락이 이루어진 영혼의 저 최정점만 빼놓고 '그분' 안의 모든 면은 고뇌로 휩싸였습니다.

글라라 수녀　그분은 죽음을 무서워하셨습니다. 참으로 많은 순교자가 죽음을 겁내지 않았는데……

한 수녀 순교자뿐 아니라 강도 중에도 그런 자들이 있어요, 글라라 자매. 카르투슈[172]는 차륜형을 당하면서 농담까지 했다지 않아요.

다른 한 수녀 네! 정말이지 원장님 말씀이 옳아요. 순교자들의 용기와 지금 말한 용기는 마치 금과 구리가 다르듯이 서로 다르지요. 하나는 귀하고 하나는 천합니다. 둘 다 금속이라는 것만 같을 뿐.

한 수녀 순교자들은 그리스도의 부축을 받았으나 그리스도 자신은 아무 도움도 받지 못하셨어요. 모든 도움과 자비가 '그분'에게서 나오니까요. 생명 있던 사람치고 그분만큼 외롭고 무장 해제되어 죽은 이는 그 누구도 없어요.

다른 한 수녀 아무리 깨끗한 사람이라도 인간은 역시 죄인이기에 죄인으로 죽어 마땅하다는 것을 어렴풋이나마 깨닫게 되지요. 더없이 중차대한 범죄자는 자기가 저지른 범죄에 대해서만 책임을 지지만, '그분'은······

가타리나 수녀 가장 무죄하면서 가장 중죄인이 되었고, 아무 잘못도 저지르지 않았으면서 모든 잘못을 책임지고, 성난 두 마리 맹수로부터 공격받듯이 '정의'[173]와 '불의'

---

172 루이 도미니크의 세칭. 1721년 차륜형車輪刑이 집행된 부르고뉴의 전설적인 노상강도.

에 동시에 삼켜 먹히고……

한 수녀　아! 가타리나 자매, 그 말을 들으니 피가 얼어붙는
것 같아요.

다른 한 수녀　그래, 젤트루다 수녀님은 사형수로서의 마지
막 밤을 어떻게 지낼 것 같으세요?

젤트루다 수녀　글쎄요, 기회가 하도 좋아 보여서 그것을 놓
칠까 봐 조바심치는 마음이 공포심을 누를 것 같군요.

한 수녀　나는 단두대에 제일 먼저 올랐으면 해요. 우리
집[174]에서 긴 사다리에 올라갈 때면 현기증을 피해 보려
고 그랬던 것처럼, 두리번거리지 않고 단두대까지 곧장
갈 겁니다.

다른 한 수녀　콩스탕스 자매는 그때 무슨 말을 하렵니까?

콩스탕스 수녀　나요? 오! 아무 말도 안 하겠어요!

한 수녀　저런, 기도도 안 할 건가요?

콩스탕스 수녀　모르겠어요. 내 수호천사가 나 대신 기도를
드릴 겁니다. 나는 죽는 것으로 충분할 겁니다.

　　　　시선을 내린 채 블랑슈 수녀 쪽을 살짝 쳐다보면서

---

173 대문자로 된 '정의'는 여기서 신적 정의, 하느님의 뜻을 함의.
174 프랑스어 어법상 '우리 집'은 입회 전 살던 '나의 집'이 아니라 수녀원.

그런데 말이죠, 모두 그렇게 흥분하는 게 부끄럽지 않나요?……

한 수녀　아이고, 그게 못난 죄는 아니죠! 한숨 쉬느니 지절 거리는 것이 낫죠……

다른 한 수녀　그래, 블랑슈 자매는요?

자기 이름을 듣자 블랑슈는 깜짝 놀라 깨는 것 같 다. 무릎에 얹혀 있던 헝겊과 가위가 바닥에 떨어진 다. 블랑슈는 그것을 도로 줍기만 할 뿐 답이 없다.

한 수녀　저런, 블랑슈 자매, 무슨 일이죠?

다른 한 수녀　블랑슈 들라포르스를 좀 가만두셔요. 졸고 있 던 걸 보고도 그래요?

펠리시테 수녀　블랑슈 들라포르스라. 놀리려는 건 아니지 만, 자매는 차라리 블랑슈 들라 페블레스[175]라고 불려야 할 겁니다…… 자, 당신이 감옥에 끌려간다면 무슨 생 각을 할는지 말해보세요.

블랑슈는 목소리에 힘을 넣어보려 하나 잘되지 않 는다.

---

175 de la Faiblesse. 연약함(의).

블랑슈   감옥이라 하셨죠······ 네, 말하지요. 펠리시테 자매,
저는······ 저는······

펠리시테 수녀   얼른 말해보라니까요······

블랑슈   (어린애 같은 투로) 어휴······ 저기, 저는 원장님 없
이 혼자 간다면 무서울 거예요.

모두 비시시 웃는다. 동정하는 양 다들 고개를 돌린
다. 콩스탕스 수녀는 바닥만 내려다보고 있다. 그러나
그가 화를 참느라 애쓰고 있음을 느낄 수 있다······ 어
떤 수녀가 휙 하니 들어온다.

그 수녀   자매들, 원장님이 작별 인사를 하러 오십니다.

〔장면 36〕

〔4장 10〕

〔수녀원 정원. 휴식 시간〕

젤트루다 수녀   오늘 쉬는 시간은 보통 때보다 기네요.

한 수녀　무슨. 아직 20분은 족히 남았어요, 젤트루다 수녀님.

다른 한 수녀　원장님이 출타하신 뒤 우리가 오늘만큼 이토록 잘 논 적은 없었죠. 원장님은 우리를 어떻게 생각하실지!

한 수녀　천주께서 말미를 주시는 동안은 아무 걱정 없이 기쁘게 지내라고 원장님도 당부하지 않았던가요?

다른 한 수녀　말미라니요! 대성당 광장에서 100자나 되는 오랏줄 한 가닥에 대롱대롱 매달려 있는 사람더러 여유라고 말하는 것과 마찬가지이죠.

콩스탕스 수녀　(웃으며) 자매, 그렇지만 우리는 천주 안으로 떨어지는 것 외에는 달리 떨어질 데가 없는걸요.

한 수녀　아이구, 콩스탕스 자매, 정말 깨우침을 주는 말이군요! 그런데 그 말을 하면서 웃기는 왜 웃으셔요?

콩스탕스 수녀　그걸 생각하니까 좋아서 그러지요.

한 수녀　그만하세요! 자매는 원장님이 심각한 작별 인사를 하러 오셨을 적에도 웃지 않았어요?

콩스탕스 수녀　제라르 수녀님이 팔꿈치로 배를 쿡 치는 바람에 그랬어요. 안 그랬더라도 웃기는 했을 거예요. 나는 원장님이 그렇게 멋지게 갖춰 입으신 걸 보고 웃은 거니까요.

한 수녀　부끄럽지도 않았습니까?

콩스탕스 수녀　아니, 무엇 때문에 부끄러워해야 했을까요? 나는 고약한 이들이 천주의 가엾은 여종들에게 정작 아무것도 들이대지 못하고, 그저 카니발 때인 양 억지 변장이나 시킨다는 사실이 마냥 가소로웠어요.

한 수녀　그자들이 그걸로 그치지는 않을 겁니다.

콩스탕스 수녀　그다음은 어떻게 될까요? 그 사람들이 네로나 티베리우스[176]보다 더 고약한 짓을 할 수 있을까요? 변장 중의 가장 큰 변장[177]은 정작 '주님'의 굴욕적인 죽음이 아닌가요? 그네들은 온 '우주'의 주인을 노예로 변장시켜 노예처럼 나무틀에 못 박았습니다. 온 땅과 지옥이 합세했지만 이렇게 끔찍하고 불경한 희롱질보다 더한 일은 할 수 없었습니다. 사람들[178]을 짐승들에게 먹잇감으로 던져준다든지, 인체로 횃불을 만든다든지 하는 짓도 역겨운 장난질로 보이지 않습니까? 아! 물론, 고통과 죽음이 우리를 언제든지 섬찟하게는 하겠지요. 그러나 '천사들'의 눈에는 이 모든 고약한 원숭이 짓[179]

---

176 그리스도교인들을 로마 방화범으로 몰아 박해한 네로 황제와 아울러 거명한 티베리우스 황제 치세에 예수는 로마식 사형인 십자가형을 받았다.

177 원장 수녀가 수도복이 아니라 강요된 평복 차림으로 출타해야 했던 상황과 계속 연결된 대화 내용.

178 문맥상 수난의 그리스도를 따르는 순교자들.

이 과연 어떻게 비칠까요? 만일 천사들이 웃을 수 있다면, 틀림없이 그것을 비웃어 넘길 겁니다……

젤트루다 수녀　멋지게 방어하셨습니다, 콩스탕스 자매……

한 수녀　어휴! 젤트루다 수녀님은 콩스탕스 자매의 말에는 그저 무조건 입이 헤벌어지는군요.

　　　　모두 젤트루다 수녀를 돌아보고, 와르르 웃음을 터뜨린다. 진짜 그는 무척 주의 깊게 듣는 사람의 자세로 입을 헤벌리고, 고개를 왼쪽 어깨 쪽으로 기울인 채 두 눈을 반쯤 감고 있다. 떠들썩한 소리와 웃음소리가 잠시 계속되다가 차츰 가라앉는다. 고요. 아주 멀리서 종소리가 들려온다. 이윽고 다른 종소리가 더 가까이서 들린다. 또 다른 음색의 종소리. 수녀들이 서로 쳐다본다.

한 수녀　경종 소리가!

다른 한 수녀　대포 소리가!

안나 수녀　아니, 대포 소리라니요? 왜 대포 소리가 들려요? 아마 생트막심 성당의 큰 종소릴 겁니다.

한 수녀　그건 아니죠, 안나 자매! 소리는 저쪽에서 들려오

---

179 사람 같지 않은 짓의 은유.

잖아요……

　　　이제 대포 소리가 확연히 들린다. 나팔 소리도 들린
다. 걸어가는 군중 소음. '우리 세상 올 거야……'[180]라
며 신명 오른 가락.

다른 한 수녀　(멍한 나머지) 이 소릴 들으니 예전 성체거동
행렬이 생각나는군요.
한 젊은 수녀　아! 모두 좀 조용히 해주세요! 입 다무시고요!

　　　그는 실신한다. 발작적인 웃음소리. 이제는 나팔 소
리가 다른 소음을 모두 지워버린다. 그러나 그 소리는
잠깐잠깐 끊어진다. 그런 조용한 틈에 물품 접수부의
작은 방울종 울리는 소리가 들린다.

한 수녀　누가 방울 줄을 잡아당겼어요.
다른 한 수녀　얼른 세탁장 문 쪽을 살펴봐야 합니다.

　　　한 수녀가 서둘러 달려간다.

---

180 「잘될 거야Le Ça ira」. 당시 발생한 민중 혁명 가요.

다른 한 수녀　안나 자매, 주의하세요! 아주 확실해질 때까지 빗장 사슬을 벗기지 마세요!

　　　　금방 전속 사제가 획 들어온다. 모두 그를 둘러싼다. 수녀 한 명은 몇 발자국 떨어진 데서 대문을 감시한다. 행진하는 군중의 쿵쿵거리는 발소리.

전속 사제　군중과 순찰대 사이에 끼어 갇힐 뻔했습니다. 그래서 여기로 들어오는 것밖에 딴 도리가 없었습니다.

한 수녀　신부님, 저희와 같이 계십시오.

전속 사제　당신들까지 화를 입게 할 수 없지요. 나는 어서 가야 합니다. 행렬이 시청 앞 광장에 집결하면, 길이 트이겠죠.

콩스탕스 수녀　이렇게 피해 다니고 숨는 것 외에 다른 방도는 전혀 없을까요!

전속 사제　지금 같은 대혼란 시기에는 혐의가 클 때 위험한 것이 아니라, 반대로 무죄하거나 그저 무죄하다는 의심을 받는 것이 가장 위험합니다. 무죄한 자가 모두를 대신해서 벌 받게 될 세상입니다!

한 수녀　아! 신부님, 이 나라를 떠나십시오!

전속 사제　그건, 천주의 선의가 어떠신지 알 때까지 기다리렵니다. '그분'이 있으라고 하는 곳에 있으면 어리석은 짓을 저지를 순 있어도 잘못은 범하지 않겠지요.

한 수녀　원장님은 어떻게 되실까요?

전속 사제　모릅니다. 여러분에게 돌아오실 수 있을지 걱정
스럽습니다.

　　　여태 나팔 소리가 들린다. 그러나 이제는 사방팔방
　　　이 아니라 한 장소에서 울려온다는 것을 알 수 있다.

한 수녀　이제 아무도 없는 것 같습니다. 그런데 대성당 쪽
에 행렬이 또 하나 생겨나는 듯하지 않나요, 안나 자매?

안나 수녀　그래요, 정원사 영감이 아까 자기 옷가지를 가
지러 왔는데, 말인즉슨 시내에 타관 사람이 득시글하고
오늘 밤은 여기저기 광장에서 밤을 난다는군요. 네거리
길목마다 술을 팔고 있대요.

한 수녀　아니 저 소리! 저 소리 좀 들어보세요!

　　　한동안 그쳤던 경종이 더 요란스레 다시 울린다. 이
　　　제는 총소리도 들려온다.

클로드 수녀　어휴! 조금 전만 하더라도 우리가 그렇게도 안
심하고 태평하게 있었는데……

한 수녀　웬걸요! 클로드 자매, 오늘 아침부터 시내에서 온

갖 소리가 들려왔는데요.

클로드 수녀   여느 때보다 더 심한 것 같지 않았어요. 벌써 여러 날 동안 온 마을이 미친 것 같은 상태죠! 어제만 해도 그네들이 밤새껏 물가에서 춤을 추어대지 않았어요? 깽깽이 소리가 여기까지 들렸어요. 그러다가 성 세자 요한 탄생 축일[181]에 쏘아대는 폭죽 소리 같은 총소리가 갑자기 들려오곤 했지요.

한 수녀   맞아요, 그러다 보니 점차 신경 안 쓰던 터인데……

한 수녀   들어보세요! 네! 또 총소리예요.

전속 사제   내가 너무 지체했나 봅니다. 그럼.

한 수녀   가시기 전에 꼭 저희에게 강복을 주십시오.

전속 사제   강생의 마리아 수녀님께도 작별 인사를 했으면 합니다.

한 수녀   식사 후 늘 하시던 대로 방으로 물러가셨습니다.

한 수녀   클로드 자매, 가서 모셔 오십시오.

전속 사제   아닙니다! 지체하지 않는 편이 낫겠습니다. 내 딸들이여, 내가 당신들 집에서 체포되면 당신들은 어떻게 되겠습니까?

---

181 세(례)자 요한은 8월 29일의 참수 축일 외에도 탄생 축일까지 지내는 예외적 성인이다. 예수 성탄보다 6개월 전인 6월 24일, 이른바 여름에 맞는 또 하나의 성탄절처럼 이 축일에 크게 축제를 지내는 풍습을 언급.

그가 두 팔을 들어 올린다. 수녀들은 무릎을 꿇는다. 그는 수녀들에게 강복하고 사라진다. 거의 동시에 큰길 소음이 훨씬 더 격해진다. 갑자기 수많은 군중이 그리로 꽉 들어찬 모양이다.

전속 사제는 이웃한 정원 담으로 오른 참이다. 그 정원에는 연장을 보관하는 헛간이 하나 있다. 신부는 저녁까지 거기 숨어 있게 된다.

〔장면 37〕

〔4장 11〕

소음이 계속 커져서, 수녀들은 서로 귀에 대고 소리를 질러야 겨우 의사소통이 될 지경이다. 대문을 마구 두들겨대는 소리가 들린다.

겁에 질린 몇몇 목소리　열지 말아요! 열지 맙시다!

　　　　수녀들이 보이는 첫 행동은 작은 정원으로 이리저리 내닫는 일이다. 그러나 그런 행동거지에 수치심을 느낀 듯, 하나씩 둘씩 차츰 발걸음이 느려진다. 마침내 모두 '동정 성모'상 아래에 모여든다. 성당 문 앞, 작은 층계 위에 강생의 마리아 수녀의 모습이 나타나

면서 절로 그리된 것이다. 우지끈하고 기분 나쁜 소리
를 내며 대문 널판자 한 짝이 막 떨어져 나간 참이다.
강생의 마리아 수녀는 콩스탕스 수녀에게 눈짓하며,
가지고 있던 열쇠 꾸러미에서 대문 열쇠를 빼서 준다.

마리아 수녀　　내 딸이여, 가서 열어주시오.

　　이 말은 실상 그의 입술 움직임으로 짐작할 뿐이다.
이제 소음으로 귀가 멍할 지경이다. 대문에 구멍이 뚫
린다. 마리아 수녀는 너무 빠르지도 느리지도 않은 걸
음으로 서두르지 않고 앞으로 나선다. 두세 명의 혁
명당원이 뚫린 틈으로 비집고 들어온다. 그야말로 억
지 곡예를 할 수밖에 없어 우스꽝스러운 꼴이다. 그들
은 꼼짝 않고 서 있는 수녀들을 보자, 무척이나 당황
한 듯 한동안 그대로 멈춰 서 있다. 마리아 수녀는 콩
스탕스의 손에서 열쇠를 살그머니 빼앗아 셋 중 한 명
에게 내민다. 문이 열린다. 떼거리로 쏟아져 들어오는
사람들. 강생의 마리아 수녀가 그들을 제지하려는 몸
짓은 전혀 하지 않았으나, 침입 혁명당원 대부분은 문
지방을 도로 넘어간다. 몹시 창백한 콩스탕스 수녀의
얼굴에 미소가 살짝 어린다.

한 경찰 관리 수녀들은 어디 있소?

마리아 수녀 보다시피 저기 있습니다.

경찰 관리 우리는 저들에게 추방령을 알릴 임무로 왔소.

마리아 수녀 그것은 순전히 당신네 일입니다.

〔법령 낭독.

1792년 8월 17일 자 입법의회의 결정에 따라 다음
을 명한다.

오는 10월 1일을 기하여 수도자들이 현재 차지하고
있는 모든 수도원을 위에서 언급한 수도자들은 명도
明渡할 것이며, 그 가옥들은 행정기관의 청구에 의해
매각된다.〕

경찰 관리 이의異議를 제기하겠소?

마리아 수녀 이제 우리 뜻대로 할 수 있는 일이 없게 되었
는데 무슨 이의를 제기할 수 있겠습니까? 그러나 당신
들이 이 옷 입는 것을 금하니, 다른 옷을 꼭 장만해야
겠지요.

경찰 관리 그러시오!

마리아 수녀의 매우 담담한 어투에 외려 눌려 짐짓
빈정거리며

그래 당신들, 그 괴상한 누더기를 벗어버리고 다른 사람들과 같은 옷을 입고 싶어 그렇게 안달이요?

마리아 수녀 '제복이 군인을 만드는 것이 아니다'라고 답하고 싶습니다. 그런데 우리는 제복이 없습니다. 어떤 복장을 하고 있어도 우리는 언제나 종들일 뿐입니다.

경찰 관리 민중에게는 종이 필요 없소.

마리아 수녀 그러나 그들에게 순교자들은 대단히 필요합니다. 우리가 맡을 수 있는 섬김의 일이 바로 그것입니다.

경찰 관리 흠! 지금과 같은 시대에 죽는 건 아무것도 아니오.

마리아 수녀 그 말씀은 사실 사는 것이 아무것도 아니라는 뜻이지요. 왜냐하면 목숨이 조롱거리가 될 정도로 값어치가 떨어져 당신네 아시냐 화폐[182]같은 꼴이라, 이제는 죽음밖에는 제값 나가는 것이 없게 되었으니까요.

경찰 관리 나 말고 다른 이 앞에서 그런 말을 한다면 경을 칠 거요. 나를 저 흡혈귀들 중 하나로 생각하는 거요? 나는 셸[183] 본당의 제의실지기였고, 보좌신부님과는 어

---

182 프랑스혁명 시기의 지폐로 끊임없이 평가 절하된 나머지 7년도 안되어 폐지되었다.

183 파리에서 동쪽으로 18킬로미터 떨어져 있는 작은 마을.

릴 때 같이 젖을 먹은 사이였소. 그러나 늑대들 앞에서
는 나도 무섭게 짖을 수밖에 없소!

    침묵.

마리아 수녀　미안합니다만 당신의 그런 선의를 증거로 보
여주십시오.

경찰 관리　당신네 사제가 빨래 건조장에 숨어 있다는 걸 난
아오.

마리아 수녀　그럴 리가요.

경찰 관리　그가 내게 말했소.

마리아 수녀　무어라고 말씀하시던가요?

경찰 관리　이웃집 채소밭으로 담을 뛰어넘었다가 개들에
게 쫓긴 나머지 거기로 피신할 수밖에 없었노라고. 당
신도 믿을 수밖에 없을 만큼 정확하지 않소?

마리아 수녀　완전히 믿어지지는 않습니다.

경찰 관리　그럼 더 말해주겠소. 어떤 젊은 수녀 한 사람도
본인 말로는 어제 아침부터 거기 숨어 있었다고 했소.
그 여자는 무서워 죽을 듯 보였소.

마리아 수녀　(더 이상 속으로 감추지 못하고) 천주는 찬미를
받으실지어다! 분명 블랑슈 수녀입니다. 어디서 찾을
수 있을지 몰랐는데…… 나리, 이런 소식을 전해주셔서

감사드립니다.

　　　침묵. 〔경찰 관리가〕 좌중을 휘둘러본다.

경찰 관리　　내가 경찰들과 순찰대를 인솔하여 철수하겠소. 여기는 오늘 저녁까지 일꾼들만 남을 거요. 대장장이 블랑카르를 조심하시오. 그 사람은 레티프[184] 책에 나오는 베네딕도회[185] 수사들 손에서 자라 사제 같은 언변을 놀려댄다오. 그자는 밀고자요.

　　그가 자리를 뜬다. 문 곁에서 한참 동안 의논하는 경찰 관리들. 의견 대립이 격하다는 것을 알 수 있다. 그러다 결국 순찰대까지 집결하여 함께 물러간다.

---

184 Restif 혹은 Rétif de la Bretonne, 세칭 Nicolas Restif. 18세기 풍속과 혁명에 관한 200권이 넘는 방대한 저작을 자비 출간으로 남겼다.
185 서방 수도회의 첫 규칙서를 쓴 성 베네딕도(480~547)가 창립한 수도회. 우리나라에서는 과거에 한문 표기에 따라 분도회芬道會라고 부르기도 했다.

〔장면 38〕

〔4장 12〕

　침입자들이 마구 헤쳐놓고 가버린 작은 수녀원이 먼저 화면에 비
친다. 끝으로 떠나는 일꾼 한 명이 보이는데, 잠깐 문지방 위에 멈춰
서서 병 주둥이에 입을 대고 마지막 한 모금 남은 포도주를 꿀꺽거
린다. 그런 다음 병을 담벼락에 던진다. 부서진 널판자들을 철사로
얽어서 문 삼아 대충 수습해놓은 게 보인다.

〔4장 13〕

　공동체 전체가 이제 제의실에 모여 있다. 약탈자들이 사용한 사다
리와 종을 끌어내릴 때 썼던 비계飛階가 보인다. 몹시 황폐하다. 여기
저기에 지푸라기며 회벽 조각들이 그득히 널려 있고, 가대소의 창살
한 부분이 떨어져 있다. 수녀 한 명이 문 곁에서 망을 본다. 초가 몇
대 켜져 있다. 전속 사제가 입고 있는 소박하기 이를 데 없는 평복에
는 흙이 묻어 있고, 구두도 진흙투성이다. 찢어진 소맷자락이 팔목
에 늘어져 있다. 그 틈으로 매우 곱고 무척 손질이 잘된 듯한 셔츠가
얼핏 보인다.

　침묵.

170

마리아 수녀　모두에게 말씀해주십시오, 신부님. 다들 서원을 발發하고자 오래전부터 마음을 갖추고 있습니다.

전속 사제　이 일은 직접적인 제 사목 직무에 들지 않습니다. 원장님이 불가피한 사정으로 출타해 계시므로, 수녀님께서 직접 말씀하시는 것이 더 타당하다고 생각합니다. 여러분이 발하려는 서원이 사정을 충분히 숙지하고 숙고한 후 자유의지로 행하는 것이라면, 제 역할은 그것을 받아들여 강복하는 일에 국한될 뿐입니다.

　　　　이런 대답에 마리아 수녀의 얼굴에는 그 어떤 불편한 기색이 없다. 그는 여전히 놀랍도록 단순하고 자연스럽다.

마리아 수녀　내 딸들이여, 우선 이 말부터 드리겠습니다. 여러분 중 몇 명이 어제부터 우리 사랑하는 블랑슈 수녀에 대해 걱정했다는 것을 압니다. 들라포르스 양은 이 수녀원을 한시도 떠나지 않았고, 또 그는…… (블랑슈 수녀 흠칫 놀란다. 그 얼굴에 처음에는 뜻밖이라는 기쁨의 표정이 떠올랐다가, 이어 의혹과 불안의 기색이 다시 감돈다) 우리 신부님을 보필하는 영광을 가지기까지 했습니다. 전후 사정을 낱낱이 밝히는 것이 내 판단상

유용하더라도, 그렇게 하면 벗이랄까, 적어도 우리에게 도움을 주는 조력자를 위험에 빠트릴 염려가 있으므로 공개할 수는 없겠습니다. 그 이야기는 이쯤에서 접고, 우리가 왜 여기 모였는지 이야기합시다. 나는 우리가 가르멜 수도회의 존속과 우리 조국의 구원에 합당한 자가 되기 위해 다 같이 순교 서원을 바치기를 발의합니다.

호응이 전혀 없다. 수녀들은 서로 얼굴을 쳐다본다.

주께서 나에게 이 제안을 냉정하게 제시하라는 생각이 들게 하신 만큼이나 여러분이 이를 냉정하게 받아들이는 것을 보니 다행입니다. 사실 우리의 가련한 목숨에 지나친 가치가 있다는 공상을 품으며 그것을 바치자는 말이 아닙니다. 정말이지 무얼 주느냐보다 주는 태도가 더 중하다는 옛말이 오늘날보다 더 잘 들어맞는 시절은 여태 없었습니다. 우리는 목숨을 품위 있게 바쳐야 합니다. 목숨을 바칠 적에 애석해한다든가, 혹은 마음속으로 슬프다는 생각이 어쩔 수 없이 들더라도 그런 것이야 결코 품위를 훼손하지는 못할 것입니다. 반대로 병사들이 돌격 전에 화약 가루를 탄 알코올을 마시는 것처럼, 요란한 말과 몸짓으로 우리가 서로의 감

정을 격앙시킨다면, 그것이야말로 품위를 험악하게 훼
손하는 중대한 일이 되고 말 것입니다.

한 노수녀　이 서원으로 우리가 정확히 무엇을 한다고 약속
하게 됩니까?

마리아 수녀　물론, 우리에게 앙갚음하는 대신 무고한 사
람들한테 그걸 쉽사리 뒤집어씌울 수 있는 자들을 향
한 도전이나 멸시에 지나지 않을, 격정에 치우친 무모
한 행동을 하겠다는 것이 아닙니다. 순교를 피할 수 있
는 온당한 방법이 있으나, 그런 일을 스스로 금하자는
것입니다. 마치 한 환자가 자기를 구해줄 약이 있음에
도 다른 사람에게 쓰이게 하려고 거절하는 것처럼 말입
니다.

　　　　노수녀는 잠시 곁에 있는 수녀들과 재차 말을 주고
받는다.

그 노수녀　우리는 어머님의 설명과 신중함에 전적으로 찬
성합니다. 그러나 이 공동체의 젊디젊은 구성원들이 그
뜻을 잘못 이해하지 않을까 염려스럽습니다. 이 비상한
서원에 따라오는 곤란함은, 그것이 서로의 생각에 분열
을 낳고 서로의 양심을 대치시킬 우려가 있다는 점입
니다.

마리아 수녀는 아무 말 없이 듣고 있다가 서두르지
않고 천천히 대답한다.

마리아 수녀　그렇기 때문에 나는 이 서원의 원칙과 적절성
여부를 전원 동의하에 결정해야 한다고 늘 생각해왔습
니다. 여러분 중 한 사람만 반대해도 이 제안을 즉각 포
기하겠습니다.

　　　　몇 분 전부터 콩스탕스 수녀는 블랑슈 들라포르스
를 지켜보고 있다. 처음에는 남모르게 훔쳐보다가 이
윽고 아예 응시한다. 블랑슈는 매우 지친 듯 보인다.
그가 다가올 상황의 변화에 속절없이 끌려가게 되리
라는 것, 그러면서도 동료들이 주도하는 일에 공개적
으로 반대할 엄두는 결코 내지 못하리라는 것이 사뭇
느껴지는 모습이다.

다른 노수녀　(잘 듣지 못해서 누가 바싹 귀에 대고 전달하는
바를 듣고 나서) 이런 경우에는 나이 많은 수녀들이 젊
은이들을 위해서, 또 그들을 대신해서 발언해야 마땅
합니다. 스무 살에 지혜롭다 소리를 듣는다면, 그건 딱
하게도 명예롭기보다는 치욕스러운 경우가 많으니까

요.[186]

마리아 수녀　내 의견은 이 일을 비밀투표로 결정하자는 것입니다. 우리의 답을 수합하실 부신부님께서는 적어도 그것을 '성사'의 인장으로 봉인해주실 터입니다.

블랑슈의 얼굴이 눈에 띄게 환해진다. 콩스탕스 수녀는 그에게서 시선을 거두지 않는다.

마리아 수녀　(노수녀들에게) 이렇게 하면 어머님들 마음에 온전히 흡족하겠습니까?

아까의 노수녀　(이 말을 되풀이해달라 해서 듣고 난 후) 적어도 마음만은 한결 놓입니다.

전속 사제　차례차례 제대 뒤로 오시면 되겠습니다.

수녀들이 일어선다. 젊은 수녀들은 따로 모여 있는 것이 눈에 띈다. 그중 한 명이 턱을 보일 듯 말 듯 쳐들고 블랑슈를 가리키며 아주 나지막이 입을 뗀다.

한 젊은 수녀　장담하는데 반대표가 한 표 있을 겁니다.

---

186 의결에서 아주 젊은 수녀들은 배제하자는 뜻.

콩스탕스 수녀가 바로 곁에 있다. 그러나 그가 들었는지는 알 수 없다. 그는 눈을 내리깔고 있다. 한 사람씩 돌아가며 수녀들이 제대 뒤로 사라졌다가 금방 다시 앞으로 나온다. 신속히 진행되어야만 하는 일인 것이다. 블랑슈가 다시 나타나는 차례. 그의 얼굴이 황망하다(운명을 건 양단간의 결정을 내리고 난 이의 얼굴이 그러하리라). 콩스탕스의 눈길이 이제 그를 떠나지 않는다. 전속 사제가 마리아 수녀에게 다가와서 나지막이 몇 마디 말한다. 마리아 수녀는 여전히 침착한 어조로 선언한다.

마리아 수녀 딱 한 표의 반대가 있으나 이만하면 족합니다.

　　　콩스탕스 수녀의 얼굴이 죽은 사람마냥 새하얗게 질린다.

한 젊은 수녀 (아주 낮은 목소리로) 누구 표인지 알지요……
콩스탕스 수녀 제가 그랬습니다.

　　　다들 정말 깜짝 놀란다. 블랑슈는 머리를 양손으로 싸쥐고 울기 시작한다.

콩스탕스 수녀　신부님은 제 말이 참말임을 아십니다……
그렇지만…… 그렇지만…… 이제는 저도 여러 자매와
같은 뜻임을 분명히 말합니다. 그리고…… 저는…… 저
는…… 여러분이 내가 이 서원을 하게끔 허락해주셨으
면 합니다……

　　　침묵.

　　부디 천주님의 이름으로 탄원합니다.

전속 사제　제가 그리 결정하겠습니다. 콩스탕스 수녀, 동료
들 있는 데로 가시오. 수녀님들은 두 사람씩 이쪽으로
오십시오. 제의실 담당 수녀님, 거룩한 『복음집』[187]을 펴
서 기도대 위에 놓으시오.

　　전속 사제는 서둘러 전례복을 갖춘다. 마리아 수
녀가 독서자 손에 책[188]을 들려주니, 이 수녀는 순교
록[189] 중 몇 구절을 '균일한 음조로*recto tono*' 크게 읽기

---

187 『미사 독서』에서 복음만을 모아 엮은 책으로 장엄미사 등 중요한 미
사에서 사용된다. 강복용 복음서.

188 기도대 위의 복음집이 아니고 이 책은 이하 각주 참조.

189 그레고리오 13세 교황에 의해 1583년 반포된 교회의 공식 순교록인
'로마 순교록.' 순교자 명단과 이력 및 찬가와 의탁 기도문이 실려 있다.

시작한다.

전속 사제　제일 나어린 수녀들부터. 블랑슈 수녀, 콩스탕스
　　수녀, 나오십시오.

　블랑슈와 콩스탕스, 두 얼굴의 대조적 표정이 여전히 강렬하다.
둘은 나란히 무릎을 꿇고, 가르멜 수도회와 프랑스의 구원을 위해
자신들의 목숨을 천주께 봉헌 서약한다. 그때 시내에서 소음 같은
것, 노랫소리나 행진 소리가 들려와야 할 것이다. 그러나 아주 막연
한 음으로. 블랑슈의 목소리는 대단히 분명하고 힘이 들어가 있는
데, 그가 마지막 남은 기운을 짜내며 말한다는 것을 적잖게 감지할
수 있다. 그는 아까 있던 안쪽 자리로 돌아오고, 조금 전에 전속 사
제가 지시한 대로 나이순에 따라 짝을 찾는 다른 수녀들이 웅성거린
다. 이런 어수선한 틈을 타서 블랑슈 수녀가 성당 밖으로 달아나는
것이 보인다.

장면 39

〔4장 14〕

　수녀들이 민간인 차림으로 봇짐을 손에 들고 수녀원을 떠난다. 그

동안 수녀원 약탈은 계속된다. {그러는 와중에 원장이 돌아온다.}

곁으로 바싹 다가오는 수녀들로 둘러싸인 그의 모습이 먼저 보인다. 원장은 성큼 딴생각 없이 묻는다.

새 원장   내 딸들이여, 모두 있습니까? 한 명도 빠짐없이 그대로 있습니까?

원장은 몇몇 수녀의 눈에서 거북해하는 기색을 보고 더 캐묻지 않는다. 어서 강생의 마리아 수녀와 단 둘이 대면하고자 하는 기색이 느껴진다. 그 두 사람만 남는다.

새 원장   끝내 수녀님은 그 서원을 발하기로 결정했군요?

마리아 수녀   원장님을 이 세상에서 다시 뵙게 되리라는 기대를 하지 못했던 터라…… 그렇지 않았더라면……

새 원장   아! 수녀님을 비난하는 게 아닙니다! 나는 그저 두 개의 강력한 목소리가 서로 맞설 때처럼, 용기[190]가 선의 기세로 악의 기세에 맞대응하라고 수녀님 마음을 북

---

190 여기서 사용된 générosité라는 단어는 프랑스 고전주의 정신의 하나로 관대함과 함께하는 고귀한 용기. 영예 수호를 위해 온갖 고난을 물리치는 담대한 의무 수행의 용기. 17세기 이래로 귀족들이 존중한 개념. 번역하지 않고 '제네로지테'라고 쓰기도 한다.

돋을 때 거기 휩쓸려 자칫 오판할 수도 있지 않을까 늘
염려할 뿐입니다. 악의 소리가 가장 드높을 때야말로
우리는 가장 침묵해야 합니다. 우리 집같이 관상觀想기
도[191]에 전념하는 수도회의 전통과 정신이 그렇습니다.
암요. 사실은 외피와 환상일 뿐인 '악'의 세력이 등등하
게 드러날 때야말로 천주께서는 마치 '당신'만이 주재하
실 정의를, 그 정의의 요청[192]을 피하시려는 듯, 말하자
면 그것을 달래기라도 하시려는 듯, 도로 '구유'에 누운
어린 아기가 되신답니다……[193] 수녀님이 방금 말씀하
셨듯이 서원식이 그리 진행되었다면, 이런 영웅적 행사
의 대가를 우리 저 가엾은 딸 바로 블랑슈를 통해, 그녀
안에 계실 착하신 어린 주님[194]이 치르게 되지 않을까
요? 우리의 구원을 공고히 한다는 생각에서 우리는 블
랑슈의 구원을 위태롭게 하지 않았던 건지요?[195] 오! 나
는 대단히 평범하고 보잘것없는 수녀에 지나지 않습니
다. 그래도 힘이라는 덕은 모든 사람이 가질 수 있을 만

---

191 묵상보다 깊은 기도.

192 선과 악의 판별, 재판적 정의.

193 「루카 복음서」 2, 7.

194 '블랑슈 안에 깃들어 있을 우리 아기 예수의 다정한 어린이 정신이'
라는 문맥.

195 블랑슈의 약함에 감당하기 힘든 시련을 안긴 건 아닐까, 라는 헤아림.

큼 넉넉하지 못하고, 강자들은 약자들의 희생하에 강자
가 된 것이고, 또 약함은 종국에는 보편적 구속救贖 안에
서 너그러이 받아지리라고 늘 믿어 마지않습니다……

　　　땅을 향해 깊이 숙인 강생의 마리아 수녀의 얼굴.
　　　긴 침묵.

마리아 수녀　상황이 허락하는 한, 즉시 파리에 가서 들라포
르스 양을 데려올 허락을 원장님께 청합니다.
새 원장　그 청을 거절하지 않겠습니다. (침묵) 그렇지만 이
런 계제에 혼자 있게 되면 나로서는 퍽 괴롭겠습니다.

　　　마리아 수녀는 절로 무너지듯 원장 앞에 무릎을 꿇
　　　는다.

마리아 수녀　제가 저지른 잘못에 대해 원장님께 용서를 빕
니다. 다른 사람이 저 대신 이 잘못으로 인해 고통당하
지 않도록, 저 자신이 그것을 엄중하게 기워 갚게 해주
시기를 천주께 청합니다.

　　　원장은 그에게 강복을 주고 포옹한다.

〔장면 40〕

〔들라포르스 저택. 현관 앞 계단. 인적이 없다. 사내 한 명이 도착한다. 과격 공화파 사람이다. 모표帽標가 달린 프리기아 모자를 쓰고 있다. 그는 저택 안으로 들어간다. 홀. 안쪽에 아주 캄캄한 계단. 사내는 응접실 방향으로 걸어가며 '블랑슈 아가씨!' 하고 부드럽게 부른다. 아무 대답도 없다. 그 사람이 층계 오르는 소리가 들린다. 블랑슈의 방. 거기 있던 그는 자기를 부르는 소리를 듣고는 아버지인 줄 알고 문을 열며 뛰쳐나온다. 그러다가 사내를 보자 이 영화 초반처럼 공포의 비명을 내지른다. 그러고는 방으로 도로 뛰어들며 문을 꽉 잠가버린다. 사내는 문으로 가서 부드럽게 두드리며 블랑슈를 안심시키려 해본다. **"열어주십시오! 겁내지 마세요, 접니다, 아가씨의 마부 앙투안입니다. 급한 일입니다. 아버님이 붙잡히셨어요. 구하러 가야 합니다."**〕

장면 41

〔5장 2〕

{콩시에르주리.}[196]

죄수 스무 명가량이 수용된 감방 내부. 어수선하다. 그야말로 안

절부절못한 채 왔다 갔다 하는 사람들. 그러나 그들은 가급적 그런 내색을 드러내지 않으려 하고, 필요한 때는 이내 매무새를 바로잡는다. 안뜰을 향해 뚫린 채광 환기창으로 소음이 끊임없이 들려오는데 어떤 때는 대화를 덮어버리거나 방해할 만큼 커진다. 둥둥 재촉하는 북소리, 발 딛는 소리, 마차 소리. 현대 감옥 규율을 떠올리게 하는 바가 전무하다. 간혹 남자(혹은 여자) 혁명당원이 채광 환기창 앞에 쭈그리고 앉아, 쇠창살에 얼굴을 바싹 갖다 붙인 채 욕을 해대고 조롱도 던진다. 간수 하나가 등장하여 호명한다.

간수   구舊드기슈 백작.[197]

한 죄수   (빈정거리며) 후작이겠지, 시민!

간수   내 서류에는 백작이라고 돼 있어, 후작이 아니라.

> 죄수 중 몇 명만 더 잘 들으려고 하던 말을 중단한다. 대부분은 그대로 자기네들끼리 하던 대화를 계속한다.

한 죄수   시민, 종이를 거꾸로 들었구려!

---

196 센 강변의 파리 재판소 부속 감옥. 공포정치 당시, 특히 혁명 재판소가 1793년 4월 6일 개소한 이래 그야말로 사형 대기실 격이었다.

197 '구舊'는 칭호를 박탈당한 옛 귀족을 뜻하는 'ci-devant'을 우리말로 옮긴 것.

간수　쳇! 서기가 진작 읽어주었소, 글쎄, 맞아요! 내가 글은 읽지 못해도 귀는 뚫려 있다오.

　　　　드기슈 백작은 서류를 빼앗아 읽어보려는 동작을 하다 말고 어깨를 추썩거리며 말한다.

드기슈 백작　그야 뭐! 자네는 언제나 정직한 사람 같아 보였으니 믿어도 되겠지.[198]

　　　　간수가 들어오는 바람에 카드놀이를 중단한 채 용감한 미소를 지으며 서 있는 한 젊은 여인에게 백작은 다가간다.

　사랑하는 엘로이즈, 이 하찮은 물건을 간직해주오. 이렇게 손수건에 싸두었소. 이 세상에서 여태 내 소유로 남아 있는 것은 정말 이것뿐이요. 내 천사여, 난 이제 저세상으로 가면서 당신의 착한 마음밖에는 달리 가져갈 것이 없겠군요.

---

198 공포정치의 행정 오류로 작위가 다른 동명이인 대신 처형장으로 잘못 끌려가는 것은 아닐 것이라는 말.

침묵.

내 아우는 무척이나 웃겠지. 둘이 5천 리브르[199]도 안 되는 오막살이를 두고 7년이나 재판을 해왔는데, 이제 난 그에게 전부 다 내줍니다…… 하기는 그 무엇도 소유할 수 없게 된 탓이지만…… 엘로이즈, 잘 있기를. 이 자리에서 당신 손에 키스하는 것이 우스꽝스럽지만 않다면 그리할 터입니다만.

그는 젊은 여인과 카드놀이를 하다가 역시 중단하고 있던 반백半白의 죄수에게 말한다.

공트랑, 날 데리러 온 이 남자에게 나 대신 에퀴[200] 하나 주오. 그리고 들라포르스 후작에게 경의의 인사를 전해주시오. 저기서 졸고 계시지만 이런 일로 깨우지는 못하겠습니다.

엘로이즈에게

---

199 프랑스혁명 전의 통화 기본 단위. 20수sous에 해당하는 1리브르는 대략 빵 두 개를 살 수 있었다.
200 프랑스혁명 전 널리 유통된 큰 액면 은화. 약 6리브르에 해당.

내 사랑 잘 있기를……

여죄수는 눈에 띄게 몸이 굳어진다. 그러나 끝까지, 상대가 문지방을 넘을 때까지 여전히 꿋꿋한 미소를 보내준다. 그동안 남죄수는 다시 앉는다.

공트랑 카드를 나눠주시겠소?
엘로이즈 그만두렵니다. 오늘 저녁에는 카드놀이도 할 맛이 안 납니다.
공트랑 그러시오.

그는 카드 짝을 모아 하품을 하면서 주머니에 집어넣는다. 여죄수는 눈은 내리깔았으나 이마는 높이 든 채 아주 꿋꿋이 서 있다.

남죄수는 벽난로 쪽으로 몇 발자국 걸어간다. 벽난로 앞에는 두 손에 시커먼 검댕이 묻은 〔청년〕이 한 명 서 있다. 밖에서는 소음이 점점 더해진다. 그에 따라 감방 안에서도 목소리가 높아진다. 서성거리는 사람들.

그래 젊은이, 하던 일이 얼마큼이나 진척되었소?

청년　오늘 밤을 타서 할 작업의 준비를 마쳤습니다. 아! 닳아버린 이 줄 말고 다른 연장만 있다면, 우리는 오늘 저녁 바깥세상에 있으련만. 끈질긴 쇠창살을 하나하나 쓸어내기란 미친 짓이네요……

공트랑　죽지 않으려고 그렇게까지 고생하는 일이 미친 짓이요.

청년　아닙니다, 살기 위해 그러죠. 어르신들은 아무것도 하지 않고 가만히 앉아서 그저 사형당하기를 기다리는 것이 부끄럽지도 않으신가요?

공트랑　그래, 자네는 무슨 뾰족한 방법이 있는가? 솔직히 말해 오소리가 제 굴에서 끌려 나오듯, 그 구멍에서 양 발목이 잡혀 도로 질질 끌려 나올 위험이 백에 하나만 있어도 난 사형장행 수레를 타는 게 천만 배 더 낫겠소!

청년　어르신 세대 분들은 삶을 사랑하지 않으십니다.

공트랑　우리가 삶을 누린 거라면, 자네들 경우는 삶이 자네들을 장악하고 있다고나 할까.[201] 우리는 삶을 휘어잡고 살았지. 반면 자네들은 삶이 자네들을 휘어잡고 있으니. 그런데도 자네들은 자네들 앞에서 옷을 벗지도 않는 정부情婦에게 애착하듯 여전히 생에 애착을 보이는구면……

---

[201] 세월, 격랑의 삶이 당신네 젊은 세대를 압도하고 있어 딱하다는 뜻.

다른 간수　구舊들라포르스 후작!

　　　　　　후작이 잠에서 깬다. 코담배를 한 차례 흡입한 후

일어선다.

〔5장 3〕

　　　　　　{양쪽에 쪽문이 있는 법정. 후작 심문.}

판사 중 1인　자신이 속한 구區[202]를 대리해서 구舊후작을 내

달라고 온 사람이 있습니다.

다른 판사　들어오라고 하시오.

　　　　　　마부가 완전히 겁에 질린 블랑슈의 손을 잡고 들어

온다.

마부　판사 시민, 본인을 동반한 이 젊고 참한 사람은 구후

작의 딸입니다. 공화국은 이 여자를 광신과 미신의 감옥

에 영원히 가두고 파묻어두려고 노친에게서 빼앗아 간

202　1790년 6월 27일 법령으로 수도 파리는 무력 사용권과 경찰 임명권
을 가진 48개의 자치구로 나뉘었다.

사제들의 손에서 구해낸 길입니다…… 이 여시민은 자
신의 보호자이자 구원자에게 감사드리러 온 것입니다.

〔5장 4〕

{들라포르스 저택. 대응접실. 후작이 안락의자에 앉아 있다. 그 옆
에 무릎을 꿇고 앉은 블랑슈는 얼굴을 무릎 사이에 박고 있다.}
　〔후작은 딸을 안심시킨다. 마부가 집주인 노릇을 하며 후작과 그
의 딸을 호송해온 동지들을 대접한다.〕

....

장면 42

〔5장 5〕

{콩피에뉴. 민간인 차림을 한 가르멜 수녀들이 시청 관리들 앞에
모여 있다.}

시청 관리 중 1인　여시민들, 당신들이 보여준 규율 준수와
　　　시민 정신을 치하하는 바이오. 그러나 '국가'에서는 이
　　　후 당신들을 감시할 것임을 경고하오. '공동체' 생활 금

지, 공화국의 적들 및 교황과 폭군들의 앞잡이인 반동 사제들과의 접촉 금지. 10분 후 한 명씩 청사 사무실로 와서 '법'의 감시와 보호 아래서 다시금 자유의 은택恩澤을 누릴 수 있게 허락할 증서를 수령하시오.

시청 관리가 나간다. 두 줄로 섰던 수녀들이 둥글게 모여든다. 원장과 마리아 수녀는 따로 떨어져 서 있다. 원장이 수녀 한 명에게 눈짓을 보낸다. 그 노수녀는 평복을 입어 아주 초라한 이름 모를 아낙처럼 보인다.

새 원장　제라르 수녀님, 어떻게든 신부님께 알려야 하겠습니다. 신부님이 오늘 미사를 주례해주시기로 약속했으나, 이제 생각해보니 신부님과 우리 모두 너무나 큰 위험에 처할 것 같습니다.[203]

제라르 수녀 나간다.
침묵.

---

203 수녀원에서 축출된 후 콩피에뉴 시내에 흩어져 살던 수녀들은 그간 비밀리에 미사를 간혹 드렸다. 이 비밀 집회가 빌미가 되어 향후 모두 사형당한다.

마리아 수녀님은 그렇게 생각하지 않나요?

마리아 수녀   지금부터는 제가 생각해야 할 바나 생각하지 말아야 할 바를 원장님께 온전히 맡기겠습니다. 그러나 앞선 행동이 잘못됐다 하더라도, 이왕 한 것은 어찌할 수 없습니다. 우리가 발한 서원의 정신과 앞으로 해야 할 신중한 처신을 어떻게 합치시킬 수 있을까요?

새 원장   여러분 각자는 자기의 서원에 대해 천주 대전에서 각기 책임질 것입니다. 그러나 여러분 모두에 대해 책임질 사람은 나입니다. 내 나잇값으로 그런 청산만큼은 깔끔히 해낼 수 있을 테지요.

　　　　장면 전환. 사제가 제라르 원로 수녀와 함께 온다. 그는 원장 앞으로 나온다. 원장 곁에 오자 이내 몸을 돌이켜 모두 함께 무릎을 꿇고 있는 수녀들에게 강복을 준다.

〔5장 7〕

　　　　다시 장면 전환. 그가 이제는 조그마한 실내에 원장과 마리아 수녀와 있다.

....

전속 사제 그렇습니다. 들라포르스 후작은 단두형을 당했습니다. 내가 들은 정보는 확실합니다……

새 원장 블랑슈는 어떻게 해야 할까요?

전속 사제 생각하기로는 얼마간 시골에 은신시켜 기운을 차리게 하고 싶었습니다. 그러나 측은하게도 그는 이런 내 계획에 따라나설 만한 상태가 아니에요. 내 조카딸 말을 들어보면, 저택을 지키는 자들이 블랑슈를 하녀처럼 부리며 밤낮으로 감시한다는군요. 조만간 블랑슈도 그 부친과 같은 운명을 맞게 되겠지요. 우리가 목숨을 구해줄 수 없습니다, 안 될 것 같습니다. 그러나 어쩌면 그런 비참한 죽음에서는 잠시나마 떼어놓을 수 있을지 모르겠습니다. 콩피에뉴로 도로 데려와야 합니다.

마리아 수녀 원장님이 허락하시면 제가 가서 데려오겠습니다.

전속 사제 이게 내 조카딸, 배우 로즈 뒤코르에게 보내는 서찰입니다. 그 애는 우리가 믿을 수 있고, 또 바깥 사정도 두루 잘 알고 있는 참한 사람입니다. 수녀님이 블랑슈를 그 애 집으로 데려가기만 한다면 가장 어려운 고비는 넘은 셈이죠. 내가 그리로 가 뵙겠습니다.

장면 43

{들라포르스 저택. 2층 방에서 블랑슈가 화덕 옆에 쪼그려 앉은 채 음식을 만들고 있다. 아래층 문이 열리고 층계를 올라오는 발소리, 어떤 여자의 부르는 소리, 손으로 문 두드리는 소리가 들린다. 블랑슈는 발뒤꿈치를 들고 살금살금 걸어 벽난로 쪽으로 가서 열쇠를 찾아 방을 건너질러 문 두드리는 반대편으로 나간다. 그리고 방 두세 개를 건너 어떤 문을 살그머니 연다. 거기서는 상대에게 들키지 않고 누가 왔는지 엿볼 수 있다. 블랑슈가 강생의 마리아 수녀를 보고 문을 왈칵 열어젖히니, 마리아 수녀가 그 소리에 깜짝 놀란다. 두 사람은 마리아 수녀가 두드리던 문을 통해 블랑슈가 있던 방으로 들어간다.}

블랑슈 어머님이 오시다니요……

　　　　블랑슈는 공손한 애정과 경계심이 뒤섞인 이상한 표정으로 마리아 수녀를 쳐다본다.

마리아 수녀 그렇습니다. 당신을 데리러 왔습니다. 때가 그렇습니다.

블랑슈 지금은 자유롭게 어머님을 따라갈 수가 없어요……
그러나 얼마 후…… 어쩌면……

마리아 수녀 얼마 후가 아니라 지금 당장입니다. 며칠 후면
너무 늦어요.

블랑슈 너무 늦다니, 뭣에 늦을 거라는 말씀입니까?

마리아 수녀는 소스라치듯 몸을 떤다. 이런 첫 대꾸
에 실망하고 당황한 기색.

마리아 수녀 당신의 안녕[204]에.

블랑슈 나의 안녕이라고요…… (침묵) 거기 가면 제가 안전
하리라는 말씀입니까?

마리아 수녀 블랑슈, 거기가 여기보다 덜 위험할 겁니다……

블랑슈 못 믿겠어요. 이런 시기에 여기 제 몫의 안전 말고
또 다른 안전이 있습니까? 제가 있는 이곳까지 누가 저
를 찾으러 오겠습니까? 죽음은 높은 사람들밖에는 치지
않습니다…… 그건 그렇고 마리아 어머님, 정말 고단하
군요!

몸을 덜덜 떤다.

---

204 어원적으로 구원.

저런! 조림이 타네! 어머님 때문입니다!

　　　　블랑슈는 불 앞에 무릎을 꿇고 앉아 냄비 뚜껑을
열어본다.

아니! 아니! 또 무슨 구박을 당하려나?

　　　　마리아 수녀도 무릎을 꿇고 조림을 다른 냄비로 급
히 옮긴다. 그러고는 재로 불을 덮고, 냄비째 냄새를
맡아보더니 재 위에 도로 올려놓는다.

마리아 수녀　　블랑슈, 걱정 놓아요. 수습되었으니까.

　　　　블랑슈가 흐느낀다.

왜 웁니까?

블랑슈　　이렇게 인자하신 어머님을 뵈니 울음이 나옵니다.
그러나 우는 것이 부끄럽기도 합니다. 저를 가만두고
아무도 다시는 제 생각을 하지 말았으면 좋겠어요……
(갑자기 격한 말투로) 왜 다들 저를 뭐라 하는지요! 제가
무슨 해를 끼친단 말입니까? 저는 천주를 거역하지 않

습니다. 공포심이 천주를 거역하지는 않습니다. 저는 공포 속에서 났고 공포 속에서 살았고 지금도 그렇게 살고 있어요. 누구나 공포심을 경멸합니다. 그러니까 저도 경멸당하며 사는 것이 맞겠지요. 이런 식으로 생각한 게 오래됐어요. 제게 이 말을 입에 담지 못하게 할 수 있었던 분은 아버지뿐이셨어요. 아버지는 돌아가셨습니다. 며칠 전에 단두대에서 돌아가셨어요. (그는 두 손을 비튼다.) 바로 이 아버지 집에서, 당신에게도 당신 가문에도 도무지 합당하지 못한 제가 비천한 하녀 구실 말고 다른 할 일이 있겠습니까? 어제만 해도 그들이 저를 때리더군요…… (응수하듯) 네, 그들이 저를 때리더군요.

침묵.

마리아 수녀   내 딸이여, 불행한 일은 남에게 수모를 당하는 것이 아니고, 다만 자기 자신을 멸시하는 일입니다.

다시 침묵. 이윽고 꿋꿋하면서도 무척 소박하고 평탄한 목소리로

그리스도 임종 고난의 블랑슈 수녀?

그런 마리아 수녀의 부름에, 블랑슈는 절로 끌리듯 일어나 선다. 눈물은 말라 있다.

블랑슈　어머님?

마리아 수녀　주소를 하나 일러주겠습니다. 잘 기억해두시오. 생드니로 2번지, 로즈 뒤코르 양. 이 여자분에게 연락이 되어 있습니다. 그 집에 가 있으면 안전할 겁니다. 로즈 뒤코르…… 생드니로 2번지……

　　사이.

　　거기서 내일 저녁까지 수녀님을 기다리겠습니다.

블랑슈　안 갈 거예요. 갈 수 없습니다.

마리아 수녀　올 거요. 나는 수녀님이 올 걸 압니다.

　　{이때 여자 경비원이 심부름을 시키려고 블랑슈를 부르는 소리가 들린다. 블랑슈는 마리아 수녀를 남겨두고 뛰어간다. 마리아 수녀는 몸을 피한다.}

장면 44

〔5장 9〕

　길거리. 블랑슈가 보인다. 상추가 비죽 나온 작은 장바구니를 들
고 있다. 소요. 가까워지는 소음. ‘우리 세상 온다네’라는 노랫소리.
행인들이 이리저리 흩어지기 시작한다. 벤 머리를 창끝에 꿰어 들
고 오는 사람의 뒤를 따라 창과 대검으로 무장한 한 떼의 과격 공화
당원이 몰려온다. 블랑슈를 포함해서 대여섯 명의 행인은 열려 있는
어떤 집 마차 출입문 안으로 뛰어 들어가 문짝을 황급히 밀어 닫을
겨를밖에 없다. 들어와보니 조그만 마당이다. 거리에는 소음이 커진
다. 마당으로 피해 들어온 행인들이 경계하는 눈으로 서로를 살핀
다. 노파 두 명, 아주 어린 처녀 하나, 초라한 옷을 입기는 했으나 구
귀족이었던 자태가 엿보이는 노신사 한 명, 그리고 청년이 한 명. 그
는 장소를 휘둘러보더니 담을 넘어 사라진다. 남은 사람들은 차차
안도하는 것 같다. 블랑슈는 좀 떨어져 있다. 노파 중 한 명이 말을
꺼낸다.

한 노파　보아하니 우리네 고생살이가 전혀 끝날 기색이 없
　　구먼.
노신사　맞습니다. 파리에서 사는 것이 점점 더 어려워지는
　　군요……!

다른 노파　어휴! 신사 양반, 다른 데라고 별로 낫지도 않답
　니다.

첫째 노파　더 못하면 못했지. 난 낭테르[205]에서 왔는데……

다른 노파　난 콩피에뉴에서 왔구먼요.

　　　　블랑슈가 깜짝 놀란다. 그가 공포심을 이겨내야 하
　　는 국면임이 느껴진다. 그는 몹시 변한 목소리로 말
　　한다.

블랑슈　콩피에뉴에서 오셨다고요?

다른 노파　그려, 아가씨. 어제 거기서 채소를 마차로 하나
　가득 싣고 왔다오. 거기는 말이요, 나쁜 작자들이 스무
　남은 명쯤 설치고 있는데, 자기들도 서로 간에 무서운
　지 배짱을 보여준답시고 몇백 명이나 되는 양 소란을
　부리고 있지. 그자들이 그저께는 가르멜 수녀님들을 잡
　아갔다오.

　　　　그 노파는 깜짝 놀라는 블랑슈의 얼굴을 보고 말
　　한다.

---

205 파리 서북쪽 작은 도시. 현재는 광역권 파리에 속한다.

거기 친척이라도 있어 그러나?

블랑슈　아니, 아닙니다, 어르신. 콩피에뉴에는 가본 일도 없습니다. 주인 따라 로슈쉬르용[206]에서 파리로 온 지가 일주일밖에 안 되는걸요.

　　그는 긴장하여 사시나무처럼 떨리는 것을 감추려 애를 쓴다. 그의 얼굴에는 공포의 빛이 떠오르고, 어떤 절망적인 결심 같은 것도 엿보인다. 그는 별안간 용기를 다 짜내 밖으로 빠져나간다. 노신사는 옥외용 의자에 앉아 손가락으로 코담배를 다지고 있다. 두 노파는 고개를 주억거리며 마주 쳐다본다.

한 노파　참 야릇한 하녈세……

*

*　　*

〔5장 10〕

　　블랑슈는 로즈 뒤코르의 집에 도착한다. 숨을 헐떡이며 정신 나간 듯 의자에 앉는다. 그는 두 손으로 머

---

[206] 루아르 지방 방데도道의 도시.

리를 싸쥐고 되뇐다.

블랑슈　모두 구해내야 해요! 죽게 내버려두면 안 돼요! 무슨 수를 써서라도 구해내야 해요! 아 하느님! 아이고! 그들이 처형당하게 그냥 둘 수는 없어요!

로즈 뒤코르와 마리아 수녀가 황급히 다가온다.

마리아 수녀　무슨 말입니까?
블랑슈　(토막토막 끊어지나 반항심과 혐오감이 느껴지는 목소리로) 여느 때처럼…… 아침에 장을 보러 나갔는데…… 어떤 노파가 말해주기를……
마리아 수녀　우리 수녀님들이 옥에 갇혔답니까?
블랑슈　예.
마리아 수녀　(심각한 어조로) 천주는 찬미받으실지어다!

침묵. 마리아 수녀의 입술이 움직인다. 그가 기도드리는 것을 알 수 있다. 마리아 수녀가 "천주는 찬미받으실지어다!" 했을 때 소스라쳤던 블랑슈는 두 손으로 머리를 계속 싸쥐고 있다. 마리아 수녀가 그의 어깨를 짚는다.

마리아 수녀　블랑슈 수녀, 우리 같이 콩피에뉴에 가야 합니다.

블랑슈가 머리를 쳐든다.

블랑슈　맞습니다…… 아! 마리아 어머님, 그분들을 구해낼 방법이 있다면, 이번에는 저도 용기를 낼 수 있을 것 같습니다……

마리아 수녀　그들을 구해낸다는 말이 아니라, 불과 얼마 전 자유롭게 발한 우리 서원을 그들과 함께 이행해야 한다는 말입니다.

블랑슈　뭐요! 그분들을 위해 아무것도 시도해보지 않고 죽게 버려둔다고요!

마리아 수녀　내 딸이여, 중요한 것은 그들이 우리 없이 죽게 두지 않는 일입니다.

블랑슈　아니! 그분들이 죽는데 우리가 무슨 소용이 있습니까!

마리아 수녀　가르멜의 딸이 그렇게 말하는 겁니까?

블랑슈　죽는다, 죽는다, 어머님 입에서는 이 말밖에는 안 나오네요! 죽이거나 죽는 데 어머님이든 누구든 염증이 날 때는 아니 올까요! 남의 피나 자기 피에 결코 신물 나지 않는 건가요!

마리아 수녀　내 딸이여, 범죄만이 끔찍한 것입니다. 무죄한 자들의 생명 희생으로 그 끔찍함은 지워지고, 범죄조차 거룩한 자비라는 질서 안에서 그를 통해 회복되는 것입니다……

　　　블랑슈는 발을 동동 구른다.

블랑슈　저는 그분들이 죽는 걸 원하지 않아요! 저도 죽고 싶지 않아요!

　　　{그는 마리아 수녀가 붙잡을 새도 없이 달아난다. 그러다가 추방자가 된 사제와 문에서 마주친다. 사제는 기뻐서 소리친다.}

전속 사제　사랑하는 블랑슈 수녀, 여기 왔구려! 천주는 찬미받으소서!

　　　그러나 완전히 넋이 나간 블랑슈는 황망하게 그를 쳐다보다가 별안간 몸을 빼쳐 사라진다.

*

*　　*

전속 사제   블랑슈 수녀와 무슨 일이 있었습니까?
마리아 수녀   그를 보셨습니까?
전속 사제   극도로 동요된 것 같았습니다. 한마디 말도 없이
　가버렸습니다.

　　　　　마리아 수녀는 빙그레 웃는다.

마리아 수녀   블랑슈는 아직도 어린애처럼 반항하고 있습니
　다. 그러나 상관없습니다! 이제부터는 그를 예수 그리
　스도의 따뜻한 자비에서 앗아갈 수 있는 것이 아무것도
　없을 것입니다.

　　　　　짧은 사이.

　　　그럼 저 혼자 콩피에뉴로 가겠습니다.

　　　　　사제의 침묵.

　　　반대하십니까?
전속 사제   그건 아닙니다. 단지 사태가 어떤지 좀더 알 수

있도록 기다려보는 것이 좋겠다고 생각할 뿐입니다. 수녀님들이 투옥되었다는 말이 사실이라고 합시다. 그러나 형을 선고받았는지는 도무지 확실치 않습니다. 수녀님이 가서 사태에 개입하신다면 그들 사정을 더 악화시킬 염려가 있지 않을까요?

마리아 수녀 신부님, 다시 한번 말씀드리지만, 우리가 언제나 이렇게 신중하게만 행동한다면 우리의 순교 서원에서 무엇이 남겠습니까?

전속 사제 수녀님, 순명하는 마음으로 서원을 발했으니 그 실행도 순명하는 마음으로 하셔야 합니다. 원장님께 편지를 써서 해야 할 바를 여쭤보십시오.

〔장면 45〕

〔5장 12〕

감옥. 아침. 아직 상당히 어둡다. 어떤 수녀들은 벽에 여태 기대앉아 있다. '영광의 어린 왕' 성상이 초라한 탁자 위에 놓여 있다. 깨진 물 항아리에 시든 꽃 몇 대. 제대로 덮기에는 턱없이 작은 흰 손수건이 탁자 위에 펼쳐져 있다. 반쯤 닳은 싸구려 초가 한 대. 수녀들은 어둠 속에서 두셋씩 짝지어 성상 앞에 와서 무릎을 꿇는다. 한숨 소리가 들리는데, 억누른 울음소리 같기도 하다. 여러 명이 기침을 한다. 이른 아침의 냉기와 불안. 조금 떨어진 감방 구석, 탁자 오른쪽, 원장이 부복俯伏하고 있다. 막 '영광의 어린 왕' 성상 앞에 무릎을 꿇은 콩스탕스 수녀가 일어나면서 아픈지 소리를 지른다……

한 수녀　어떻게 된 겁니까, 콩스탕스 자매?
콩스탕스 수녀　통풍창 밑에서 잠이 들었는데 목이 비틀리고 아프네요. 아유, 불쌍한 내 목……

　　　　콩스탕스는 웃으며 목을 두 손으로 비빈다.

〔한〕 젊은 수녀　(몸을 움찔하면서) 아 참! 콩스탕스 자매도!
다른 젊은 수녀　자매의 신경은 튼튼한지 모르지만, 왜 남들 신경을 뒤흔들어놓는 건가요?

　　　　콩스탕스 수녀는 별안간 깨닫고 몸을 떤다……

콩스탕스 수녀　어! 저는…… 저는……
한 수녀　(말을 막으며, 억지로 내다시피 하는 목소리로) 나는 한잠도 못 잤어요. (더 낮은 목소리로) 연로하신 우리 제라르 어머님은 밤 내내 코를 고시고.
다른 수녀　비염 때문에 그러시죠. 전부터 잘 알고 있지요.

내 방이 그분 옆이었으니까요.

한 젊은 수녀가 운다.

한 수녀 대관절 왜 우나요, 마르타 자매?

다른 수녀 (점점 더 속상해서) 왜냐고요! 왜냐고요!…… 아니 자매는 왜 "내 방이 ……이었다"라고 말합니까? 우리 집, 수녀원을 이야기할 적에 왜 다시 못 볼 것처럼 말하는 겁니까?

원장이 가만히 손뼉을 치니 수녀들이 그 둘레로 모인다. 날이 겨우 밝기 시작한다.

새 원장 내 딸들이여, 자, 우리의 감옥살이 첫날밤이 지났습니다. 제일 어려운 밤이었겠죠. 그래도 우리는 견뎌냈습니다. 오늘 다시 밤이 오면 새로운 처지에 완전히 익숙해져 있을 겁니다. 하기는 이 처지가 우리에게는 새삼스러운 것이 아니고, 결국 실내장식이 변한 것뿐입니다. 우리가 오래전에 자유를 벗어버린 만큼[207] 그 누구도 우리에게서 그걸 빼앗아 갈 수 없을 테니까요.[208]

---

207 천주께 맡겼다는 뜻.

한 노수녀　우리의 자유가 천주께 속해 있습니다만, 원장님은 저희가 자의로 자유롭게 직책을 맡겨드린 만큼 그 용익권자用益權者이십니다.

새 원장　십자가의 안나 수녀님, 무슨 뜻입니까?

안나 수녀　당신 자유는 벗어버리셨어도 저희 자유는 원장님께서 맡아 처리하셔야 합니다. 그러니까 원장님은 저희 운명을 온전히 천주께만 맡기실 수 없다는 말입니다.

다른 노수녀들　맞습니다…… 맞습니다……

　　　　젊은 수녀들의 웅성거림.

노수녀　어린 자매들, 아직 여러분 나이에는 순명이라는 것이 그저 머리만 갖다 뉘면 되는 푹신푹신한 베개같이 생각될 수도 있겠죠. 그러나 우리는 순명이 명령과 아주 딴판 같아 보여도 역시 하나의 책무라는 것을 잘 압니다. 네, 정말 그렇습니다, 젊은 자매님들, 순명하기를 배우는 것도 명령하기를 배우는 것만큼 어렵습니다. 순명한다는 것은 마치 눈먼 이가 안내견을 따라가듯 수

208　수도원에 있으나 감옥에 있으나, 말하자면 자유의 구속은 문제 될 것이 없다는 뜻.

동적으로 끌려가는 것이 아닙니다. 나같이 늙은 수녀는
순명하면서 죽는 것 외에는 원하는 것이 없습니다. 그
러나 능동적이고 의식적으로 말입니다. 우리는 이 세상
에서 맘대로 할 수 있는 것이 아무것도 없습니다. 그건
동의하시죠. 그래도 우리의 죽음은 우리의 죽음이고,
아무도 나 대신 죽을 수 없다는 것도 사실입니다.

한 젊은 수녀   (더 못 참고) 아니, 늘 죽는다는 말만 들어야
합니까? 왜 죽어야 합니까! 우리는 무죄하지 않아요?

콩스탕스 수녀   생샤를 자매, 부디 가만……

다른 젊은 수녀   우리가 신앙에 대한 사람들의 증오 때문에
희생된다는 것이 확실하기나 합니까? 남들 과오를 대신
갚는 것이 아닐까요?

첫번째 젊은 수녀   맞아요. 우리가 요즘 정치 문제하고 무슨
상관이 있나요?……

새 원장   자아, 수녀님들! 좀 진정하시오, 우선 십자가의 안
나 어머님[209]께 대답하게 해주십시오. 어머님, 나는 끝
까지 여러분 모두에 대한 책무를 질 것입니다. 그것을
회피하려는 생각은 꿈에도 안 합니다.

노수녀   원장님이 '법정'에서 우리를 대신해 단독 대표로 발

---

209 현 원장, 부원장 외에도, 이를테면 원장을 역임한 수녀에게도 이런
호칭이 부여된다.

언하신다는 뜻인가요? 그것이 여의치 않다면 우리가 발한 서원을 저버리지 않으면서 어디까지 갈 수 있을까요?

한 젊은 수녀 그러게요, 우리 자신을 변호할 권리를 주려나요? 변호도 받지 못한 채 선고를 받게 될 건지?[210]

다른 수녀 사제들을 죽이고 성당을 약탈하는 자들에게서 우리 목숨을 구해내려고 다툰다면 정말 수치스러운 일 아니겠어요?

새 원장 (목소리를 약간 높여) 비록 신앙이 없는 재판관들일지라도 그 앞에서 자기변호를 하는 것이 부끄러울 바는 없습니다. 자신을 변호하는 무죄한 사람은 자기 자신보다는 진리를 더 증언하는 법이니까요…… (원장은 잠깐 입을 다문다. 침묵. 그가 기도하는 것을 알 수 있다) 내 딸들이여, 여러분은 내가 없을 때 이 순교 서원을 했습니다. 그런데 그것이 시의적절했건 아니건, 그토록 용감대범한 행동이 지금에 와서 여러분 마음을 어지럽히도록 천주께서 허락하시지 않을 것입니다. 자, 이제부터는 내가 이 서원을 받아안아서 천주 대전에 그 책임을

---

210 실제 1794년 6월 10일 이후 혁명 재판소의 재판 절차는 더욱 간소화되어 변호와 증인신문이 폐지되고 '열심히 일하는 기요틴'으로 판결 당일 사형수를 보내는 요식행위에 불과해졌다.

지고, 무슨 일이 있든지 그에 관한 판단을 나 홀로 하고 앞으로도 그렇게 할 것입니다. 네. 내가 그 책임을 맡고, 공로는 여러분에게 남겨주겠습니다. 나 자신은 그 서원을 발하지 않았으니까요. 내 딸들이여, 그러니 이 이상 그에 관해 아무 걱정 하지 마십시오. 나는 이 세상에서 항상 여러분을 책임졌고, 또 오늘 그 무엇이 되었건 거기서 면제되었다고 생각하지 않습니다. 안심들 하시오! 나는 여러분의 생명과 영혼을 위해 할 수 있는 일은 다 하겠고, 그 어느 때보다 여러분의 어머니임을 깨닫게 되는 지금, 나로서는 여러분의 생명과 영혼이 똑같이 다 귀중합니다. 내가 그르더라도 천주께서 용서하실 겁니다. 요컨대 거룩한 순교자들의 어머니들이 성인력聖人曆에 오르는 일은 드물지요.

　　　두 손에 얼굴을 묻고 있던 한 젊은 수녀가 앞으로 나와 무릎을 꿇고 원장의 손에 입을 맞춘다. 눈물은 계속 흐르고 있으나 그 얼굴은 이제 순박하고 아이 같은 신뢰의 표정을 띠고 있다.

그 젊은 수녀　　원장님과 함께라면 그 무엇도 무섭지 않겠습니다.

다른 수녀들도 다가온다. 노수녀 중 한 사람이 말
한다.

그 노수녀　존경하는 원장님, 저희를 강복해주십시오.

모두 무릎을 꿇는다. 이어지는 대화는 아까와는 아
주 딴판으로, 거의 명랑하다고 할 만큼 왁자하다.

콩스탕스 수녀　그런데 블랑슈 자매는 어떻게 되었을지요?

새 원장　(그 말을 듣고) 내 딸이여, 그 점에 관해선 나도 당
신보다 아는 바가 없군요.

콩스탕스 수녀　다시 올 겁니다.

한 젊은 수녀　콩스탕스 자매는 어떻게 그리 확신하나요?

콩스탕스 수녀　왜냐하면…… (말문이 막혀 멈춘다) 왜냐하
면…… (이제 매우 당황하며, 그러나 말한 것을 철회할 수
는 없기에) 꿈을 꾸어서 그래요.

모두 웃는다.

한 수녀　원장님, 저희가 오늘 재판을 받으리라고 생각하십
니까?

새 원장　모르겠습니다.

한 젊은 수녀   (아주 천진하게) 우리를 한 명씩 차례로 신문
할까요? 오래 걸릴까요?

한 수녀   그리고…… 우리가…… 우리가 고해를 받게 허락
할까요?

> 얼굴이 창백해지며 양손으로 머리를 움켜쥐는 어떤
> 젊은 수녀를 가리키면서, 콩스탕스 수녀는 입술에 손
> 가락을 갖다 댄다.

위의 〔같은〕 수녀   (어깨를 으쓱하며) 내 참! 암튼 우리는 나약
한 여인네들이 아닙니다! 네! 나는 그저 우리 신부님께
서 우리가 지나가는 길가에 계셔주기만 한다면 그 이상
은 바라지 않겠어요!

새 원장   자, 자, 그만, 여러분, 상상은 그만합시다. 서두를
필요는 없습니다…… 내 생각에는 적어도 여러분 중에
제일 나이 어린 따님들은 해를 입지 않을 것 같습니다.
저자들이 괴물이 아니고 또 우리 '거룩한 규칙'[211]을 조
금이라도 안다면, 나 말고 누구에게 책임을 물을 수 있
겠습니까?

여러 수녀 목소리   아! 이제 무슨 일이 있어도 우리는 원장님

---

211 수도회 규칙.

에게서 떨어지지 않겠습니다!

한 수녀　천주께서 아시지만, 저는 제 처지를 우리 강생의 마리아 어머님이나 블랑슈 자매의 운명과 좋아라 하며 바꾸지는 않을 겁니다.

다른 수녀　아하! 그 두 사람도 체포되었을 겁니다……

〔앞의〕 수녀　그럴 겁니다…… 우리는 이렇게 모두 여기 모여 있는데 어떻게 감히 불평할 수 있겠어요? 그이들은 우리를 얼마나 부러워하겠습니까! 얼마나 우리보다 더 불행하다고 생각할까요!

〔장면 46〕

〔영상이 밝아지다가 새하얘진다. 벽들이 무너져 내린다. 하늘로 오르는 한 무리. 승리에 찬 분위기의 빛 가득 환한 영상. 큰 부르짖음. 강생의 마리아 수녀가 깜짝 놀라며 잠에서 깨어 부르짖는다. 꿈에서 하늘로 오르는 열여섯 명의 가르멜 수녀들을 본 것이다. 그 수는 단 열여섯 명이었다.[212]

---

212 자신이 순교자에서 제외된 것을 본 꿈. 한편 이 작품에서는 병사하나 실제로는 전임 원장도 순교하여 열여섯 명.

214

〔장면 47〕

〔5장 13〕

〔법정. 피고인들은 판사들을 마주한 단상에 한꺼번에 포개지듯 서 있다. 수녀들은 흰색 망토 수도복 차림이다. 기소장 낭독. 궐석판결로 사형이 선고될 강생의 마리아 수녀까지 포함된다.[213] 수녀들은 모두 사형선고를 받는다.〕

〔장면 48〕

〔5장 14〕

수녀들이 바깥의 작은 공터에 집결한다.

{원장이 모두 죽음을 잘 맞이할 수 있도록 그들이 발한 서원을 환기하며 수도자의 순명 안에서 격려한다.}

새 원장　　내 딸들이여, 나는 진심으로 여러분을 구해내기
　　　　　　를 원했습니다…… 네, 나는 이 잔이 여러분에게서 멀

---

213 '장면 51' 및 각주 217, 218 참조.

리 떨어져 가기를 바랐습니다. 왜냐하면 나는 첫날부터 여러분을 여러분의 친어머니처럼 사랑했으니까요. 그런데 어머니치고 누가, 바로 '엄위하신 분'께 드리는 것일지라도 제 자녀들을 마냥 기쁘게 희생으로 바치겠습니까? 내 잘못이 있다면 천주께서 벌충해주실 것입니다. 내 처지가 비록 이렇지만, 여러분은 내 재산입니다. 그리고 나는 재물을 창밖으로 던지듯 허투루 하는 그런 여자가 아닙니다. 그건 그렇고, 내 딸들이여, 우리는 기한이 차서, 이제는 죽는 일밖에 없습니다. 우리가 이제 함께 받게 될 형벌을 우리 사랑하는 '공동체'의 마지막 성무 수행으로 삼아주신 천주는 찬미받으소서! 내 딸들이여, 여러분이 드린 서원을 기억할 때가 왔습니다. 이때까지는 나 혼자서 그 서원에 대한 책임을 지려고 했습니다. 그러나 이제부터는 내게 돌아오는 몫밖에는 가질 수 없게 되었습니다. 그것도 존경하는 우리 강생의 마리아 수녀님의 이름으로 겸손하게 청해야 할 것입니다. 비록 부당하지만, 내게 돌아오는 몫은 실은 그분의 몫이니까요. 내 딸들이여, 나는 어머니로서의 강복과 더불어 마지막으로, 이번에야말로 순명할 것을 여러분에게 엄숙하게 이르는 바입니다.

장면 49

〔외부. 죄수 호송 수레가 서서히 앞으로 나아간다. 뒤코르 양이 토시 안에 작은 꾸러미를 감춘 채 걸어가는 모습이 보인다. 죄수들을 다 내린 수레로 화면은 다시 돌아온다. 수레가 멀어져가는 동안 북소리가 사람들을 불러 모은다. 수녀들은 '균일한 음조로' '콘피테오르'[214]를 프랑스어로 서창敍唱하기 시작한다. 군중에 갇혔다가 차츰차츰 길 가장자리까지 최대한 접근하는 사제를 비추는 확대 화면. 기도문 서창이 들리는 가운데 수레는 앞으로 나온다. '콘피테오르' 기도가 끝난다. 사제는 성호경을 그으며 남모르게 사죄경을 외운다. 그런 후 충격에 싸인 모습으로 멀어져간다. 곧이어 가르멜 수녀들이 성가를 노래하기 시작한다. 그들의 목소리는 침착하고 기쁨에 젖어 있다. 군중 위로 오버랩되며 호송 수레는 마치 바다 위 새하얀 쪽배처럼 멀어져간다.〕

*

* *

〔5장 15〕

---

214 전통 라틴어 고죄경告罪經 첫 단어(*Confiteor*)로서 그 기도문 자체를 가리킨다.

여배우 뒤코르가 자기 아파트로 들어오며 {외투 속에서 '영광의 어린 왕' 성상을 꺼내 가구 위에 올려놓는다. 강생의 마리아 수녀는 무릎을 꿇고 성상을 공경한다.}

〔장면 50〕

〔'전복된 왕좌광장.' 호송 수레가 와 있다. 가르멜 수녀 모두 단두대 아래 있다. 생드니의 콩스탕스 수녀가 원장의 발아래 무릎을 꿇고 죽음을 받아들일 허락을 청하고 있다. '베니 크레아토르,'[215] 부르는 소리가 침착하면서도 꿋꿋이 계속된다. 생드니의 콩스탕스 모습이 시야에서 사라진다. 다른 수녀가 같은 장소에 무릎을 꿇는다.〕

〔장면 51〕

〔5장 16〕

---

215 라틴어 성령 송가의 첫마디로서 '오소서, 창조주시여 *Veni Creator.*' 역시 그 기도문 자체를 가리킨다. 혹은 '임하소서 성령이여.'

{로즈 뒤코르의 아파트. 사제가 충격받은 얼굴로 들어온다.}

전속 사제　수녀님들이 사형선고를 받았습니다.

마리아 수녀　모두요?

전속 사제　모두요!

마리아 수녀　아! (침묵) 그러면……

전속 사제　필경 오늘[216] 아니면 내일일 겁니다…… 마리아 수녀님은 어떻게 하시렵니까?

마리아 수녀　그분들이 저 없이 죽게 버려둘 수는 없습니다!

전속 사제　이 일에 수녀님의 의지가 무슨 소용일까요? 천주께서는 '당신' 좋으실 대로 간택도 하시고 남겨두기도 하십니다.

마리아 수녀　저는 순교 서원을 발했습니다……

전속 사제　수녀님은 그 서원을 천주께 드렸습니다. 그러니 그에 대한 책임은 천주 대전에 질 것이지, 동료들 앞에 질 것이 아닙니다. 만일 천주께서 수녀님의 그 서원을 풀어주고 싶으신 거라면 '당신'께 속하는 것만 거두실 겁니다.

마리아 수녀　제 영예는 훼손되었습니다!

전속 사제　그렇게 말할 것 같았습니다! 아! 그 말을 비난하

---

216 실제 오전에 선고받고 같은 날 초저녁에 처형되었다.

지는 않습니다! 그 말은 정녕 수녀님으로서는 마지막 숨을 내놓는 자연스러운 탄식입니다. 바로 그 피, 네, 그 피를 천주께서 수녀님에게 요구하시는 것이고 수녀님이 흘려야 합니다! 수녀님은 몸속 혈관에 흐르고 있는 피까지 기꺼이 바쳤을 것이고, 그 피를 물같이 쏟았을 것입니다. 그러나 이 피의 한 방울 한 방울은 수녀님에게서 생명 이상의 것을 빼앗아 가는 것입니다![217]

　　강생의 마리아 수녀는 거의 견디지 못할 형벌에 응하기 위해 있는 힘을 다 긁어모으는 사람과 같은 자세로 서 있다.

마리아 수녀　그분들의 마지막 눈길이 저를 찾아 헛되이 헤맬 터이죠.

전속 사제　수녀님이 똑바로 바라보아야 할 다른 눈길, 그 단 하나의 눈길만 생각하십시오.[218]

---

217 단두대 대신 다른 방식으로 피를 흘리게 될 것, 즉 상황 때문이라지만 서원을 이행하지 못한 치욕을 평생 다른 방식의 순교로 감내하게 될 것이라는 뜻.

218 강생의 마리아 수녀가 정작 자신이 제안해 발의한 순교 서원을 이행하지 못하게 된 기막힌 정황이 단순히 불명예스러운 세상적 사고가 아니라는 것을 사제는 통찰한다. 기실 그녀는 가르멜의 역사 기록자, 이 모든

〔5장 17〕

〔다시 '왕좌'광장.[219] 이 장면이 진행되는 동안 수녀들의 성가 소리는 점점 줄어든다. 이제 '베니 크레아토르'[220]를 부르는 목소리는 단 세 명뿐이다. 처형이 끝나감을 알 수 있다. 전면前面에 비어 있는 거대한 호송 수레와 군중의 모습. 그 옆으로 성가를 이어가는 목소리들. 촬영기는 앞으로 크게 이동하며 군중의 한 부분을 점점 더 근접 영상으로 담는다. 이제 남은 건 멀리서 들리는 두 명의 목소리. 카메라는 다시 앞으로 크게 이동한다. 이제는 더 멀리서 들려오는 단 하

일의 증언자가 됨으로써 십자가상 예수의 눈길("똑바로 바라보아야 할" 즉 기억해야 할 "단 하나의 눈길")과 일치한 죽음을 맞았을 천상교회의 동료들과 통교하게 된다. 지상교회 측면에서만 보아도 강생의 마리아 수녀의 증언 기록이 없었다면, 그들의 시복도 시성도 원천적으로 불가능했을 것이다. 순교에 버금가는 마음의 고통이 여생 내내 영예의 정신 지키기에 그리도 민감한 귀족 출신의 이 수녀가 감내해야 했던 백색 순교의 내면이겠다.

219 '장면 50'의 지문처럼 당시 사람들이 '전복된'이라는 형용사를 덧대어 부른 트론Trône(왕좌)광장'의 현재 명칭은 '국가Nation(나시옹)'광장.

220 알베르 베갱 판본에서는 이 성가의 라틴어 가사 일부를 작품 대미에 인상적으로 박아놓았다. "성부 대전 영광이며 / 부활하신 성자께와 / 위로자신 성령에게 / 무궁 영광이 있어지다*Deo Patri sit gloria/Et Filio qui a mortuis/Surrexit aca Praclito/In saeculorum saecula.*"

나 남은 목소리.

촬영기는 창살까지 전진한다. 수레의 창살 너머로 공포에 질린 블랑슈의 얼굴이 클로즈업된다. 마지막 목소리도 사라진다.

거대한 침묵. 블랑슈의 얼굴은 용기로 빛나는 모습으로 변모한다. 블랑슈가 노래를 시작한다.

카메라는 후진한다. 환한 모습으로 무릎 꿇은 블랑슈 주위로 군중들이 출렁인다.)

베르나노스의 영적 유언
『가르멜 수녀들의 대화』

20세기 프랑스 문학에서 결코 잊을 수 없는 작가 조르주 베르나노스(1888~1948)의 최후작으로 서거 이듬해에 발표된 『가르멜 수녀들의 대화*Dialogues des Carmélites*』는, 그의 이전 소설들이 한결같이 보여준 평생의 영적 탐구를 더 없이 강한 밀도로 응집하고 있는 각별한 작품이다. 1947년 가을부터 약 6개월에 걸쳐 이미 병고로 인한 죽음의 그림자가 덮쳐온 1948년 3월 중순까지 튀니지에서 집필되었고, 작가는 원고만 남긴 채 7월 5일 세상을 떠난다. 이 작품은 애초에 이른바 '시나리오'[1]에 따라 영화제작을 위한 대사를 써달라는 요청을 받아 착수되었다. 처음이자 마지막으로 대사전담 작가[2]로 집필에 임하게 된 베르나노스와 이 작품이 겪

---

1 이것을 실제 살펴보면 현대적 의미의 완결된 시나리오, 촬영용 결정본이 아니라 거의 지문만으로 이루어진, 약 20쪽 분량의 중간 드래프트 정도의 문서에 가깝다. 그래서 현대 독자들의 오해를 사지 않도록 굳이 작품의 속표지에서 '시나리오 개요'로 번역했다.

2 프랑스어로 'dialoguiste'라 한다. 영어로는 dialogue writer. 당시 프랑스

은 여러 '모험,' 그 우여곡절의 경위를 잠시 보자.

1947년, 파리 문화계의 유력 인사 브뤼크베르제 신부R. P. Brückberger[3]는 독일 작가 게르트루트 폰 르포르Gertrude von Le Fort(1876~1971)가 1931년 발표한 편지 형식의 중편소설 『단두대의 최후 여인』[4]에 매료되어 그것을 원전 삼아 우리

영화계에서는 줄거리 기본 구성과 장면 배열을 담는 시나리오와 별도로, 대사만을 집필하는 대사 전담 분업 관행이 있었다. 소설가이자 정치사회 평론가로 평생 살아온 베르나노스는 난생처음 위촉받은 이 집필을 통해 비어 있는 시나리오의 구조 위에 심오한 비가시적 영적 진실을 대화로 형상화했다.

3 오스트리아인 부친과 프랑스인 모친 사이에서 태어난 도미니코 수도회 수사신부(1907~1998). 레지스탕스 활동가이자 작가, 번역가, 시나리오 작가로도 활발히 활동했으며 베르나노스를 존경했다.

4 원제 *Die Lezte am Schafott*. 빌르루아M. de Villeroi라는 이가 들라포르스 후작 집안을 아는 한 여성에게 보내는 1794년 10월 파리에서 발신한 서한 형식으로 된 이야기다(약 150쪽 분량). 르포르는 공포정치하에서 죽음의 고뇌에 사로잡힌 블랑슈 들라포르스를 혁명으로 찢기고 희생된 프랑스의 역사적 상징으로 파악하고, 나치즘을 예감한 독일 지성인으로서의 자신의 고통을 대입하고 있다. 이 작품은 철학자 마리탱Jacques Maritain의 주목을 받아 1937년 브리오Blaise Briod에 의해 프랑스어로 번역되었다(*La dernière à l'échafaud*, Desclée de Brouwer-Julliard). 베르나노스는 브라질 체류 시기(1938~1945) 초반, 즉 10년 전 무렵에 브뤼크베르제로부터 이 번역본을 받아 묵상하듯 읽은 적이 있으나, 튀니지 거주 중 집필 청탁을 받았을 때는 그 '원전'이 수중에 있지 않았다. 즉 작가는 집필 중에 르포르의 소설을 직접 참고한 적이 없고, 그에게 건네진 브뤼크베르제의 간략한 무無대사 시나리오만을 토대로 '깊은 정성과 사랑을 기울

가 앞에서 설명한 대로 개요적 시나리오를 만든 다음, 베르나노스, 평생을 글쓰기의 사제직을 수행한 대작가에게 그 대사 집필을 위촉한다. 이처럼 『가르멜 수녀들의 대화』의 멀고 가까운 두 원천, 혹은 두 겹의 외적 틀은 우선 그와 매우 다른 입지의 작가 르포르의 서한체 소설과 브뤼크베르제 신부의 이른바 '시나리오'에 있다. 그러나 우리 작가는 이런 특수한 조건하에서도 고유한 내면의 대화들, 인물들의 영혼을 통과한 고백의 언어들로 이루어진, 진정 '그다운' 문학작품을 탄생시켰다.

무엇이 청녕 베르나노스다운 것인지를 살펴보기에 앞서 우선 작품 배경은 실제 역사적 사건에 닿아 있음을 말해두자. 그것은 프랑스대혁명에 이은 공포정치의 종식[5] 불과 열

이며' 자신의 고유한 작업을 일궈낸 것이다. 그러나 주도자 브뤼크베르제(와 아고스티니Philippe Agostini 감독)의 시나리오는 원전 소설을 영상화로 이끄는 가지치기를 선결해준 셈으로, 큰 병고를 안고 있던 작가로 하여금 비교적 짧은 기간에 작품을 완성할 수 있게 해주었다. 한편 르포르의 작품은 국내에는 "키르케고르의 '불안' 개념과 도스토옙스키의 '백치'와의 중간에 위치"하는 작품이라는 말로 옮긴이가 소개하면서 『단두대 밑에 선 마지막 여인』이라는 제하로 일본어에서 중역된 적 있으나(김창수 옮김, 대동당, 1960) 현재는 국립중앙도서관 데이터베이스 자료로만 남아 있다.

5 혁명력으로는 단어 뜻만큼이나 더없이 뜨거운 격랑의 달이었던 테르미도르〔熱月〕 9일(7월 27일) 로베스피에르 체포 및 그다음 날 거행된 단두

흘 전인 1794년 7월 17일, 이미 순교 서원을 발發한 바 있는 콩피에뉴 가르멜 수도원[6] 소속 수녀 열여섯 명[7]이 국민공회 정부 공안위원회의 명으로 체포되어[8] 파리의 콩시에르주리[9]에 수감되었다가 트론광장[10]의 단두대에서 처형당한 사건을 말한다.[11]

형으로 공포정치는 막을 내린다.

6 루이 15세의 행궁, 파리에서 약 80킬로미터 북북동쪽에 있는 콩피에뉴 성 바로 곁, 시내 중심에 있었던 이 수녀원은 프랑스의 53번째 가르멜이고 1641년 창립되었다. 그 유적은 현재 없다. 그러나 1992년, 콩피에뉴 인근 전원 마을 종키에르Jonquières로 이전한 현재의 '콩피에뉴 가르멜 수녀원'에는 순교 수녀들의 유품이 역사기념관에 간직되어 있다.

7 그들은 이미 2년 전 수도원을 압수한 혁명정부에 의해 축출당해 평복으로 콩피에뉴시 민가에 흩어져 살아가면서 비밀 집회와 미사를 간신히 이어가고 있었다.

8 체포일은 6월 22일.

9 이 무시무시한 대형 감옥과 봉쇄수도원 내 수방을 작품을 통해 묵상해 보면, 일면 동일한 폐쇄성에도 불구하고 자원하여 선택한 후자는 전자와 완전한 대항의 공간, 자유의 공간으로 가치 부여된다 하겠다.

10 'place du Trône'은 '왕좌광장'이라는 뜻이지만, 왕권 전복의 혁명 시기에는 이곳에 단두대가 설치되어 구체제 혐의자에 대한 수많은 처형이 이루어지면서 사람들은 '전복된 왕좌광장place du Trône-Renversé'이라고 불렀다.

11 픽퓌스Picpus 묘지가 된 큰 구덩이에 공동 매장되었던 이들 순교 수녀들은 1906년 시복諡福되었고, 2024년 12월 18일 교황 프란치스코에 의해 모두 성인품에 올랐다. 이는 공포정치 시대라는 극한적 오욕의 역사를 짊어지고 있는 프랑스인들에게 바로 그 암흑 속에서 결실된 믿음·희망·사

베르나노스로 돌아와보자. 그는 죽음 앞에서의 공포와 구원 은총의 작동이라는, 그간 전작들에서 면면히 궁구窮究해왔던 비가시적인 역동의 주제를 이 역사 사건을 배경으로 한, 건네받은 시나리오에서 재발견하고, 작가 특유의 영성이 반영된 명대사들로 교직된 텍스트를 집필하게 된다. 심오한 내면 탐색의 영적 유언이 된 이 원고를 수습하여 1949년에 발간한, 평생의 친구이자 뛰어난 평론가 알베르 베갱Albert Béguin이 베르나노스의 1929년 페미나상 수상작『기쁨』에서 발췌한 다음 대목을 이 작품의 제사題詞로 인용한 것도 그런 맥락이다.

어떤 관점에서 보면 공포 역시 '성금요일' 밤에 속량된 천주의 딸이겠지요. 공포라니, 그건 겉보기에는 좋진 않지요, 아니고말고요! 조롱당하기도 하고 저주받기도 하고, 모두로부터 내버려지고…… 그렇지만 잘못 생각하지 않기를. 그것은 임종 때마다 언제나 머리맡에 지켜 앉아 그 사람을 위해 전구轉求한답니다.[12]

랑과 자유의 가치를 재발견하는, 비견할 수 없는 영적 위로를 허락한 시성諡聖이었다. 순교일인 7월 17일 대신 프랑스대혁명 기념일 전날인 7월 13일로 날짜를 옮겨 2025년에 프랑스 교회는 역사적인 첫 축일을 기렸다.
12 『기쁨 *La joie*』. 국내에 소개된 바 있으나(김의정 옮김, 성바오로 출판사,

그렇다. 베르나노스가 오래전의 독서 기억과 브뤼크베르제의 장면 길라잡이 격 시나리오를 통해 르포르의 작품에서 사화史話 및 실제와 가상이 교차하는 중요 인물들,[13] 그들의 성격적 특징을 계통적으로 물려받은 혹은 차용한 것은 엄연한 사실이지만, 작가는 단연 주인공 블랑슈가 겪는 극적 모험을 독일 원작과는 관점을 달리하여 온전히 영성적 차원으로 이끌어간다. '그리스도 임종 고난의 블랑슈 수녀'로 불리길 희망한 이 작중 가르멜 수녀의 운명은 공포정치의 소용돌이에 휩싸인 모욕받은 프랑스 운명의 상징을 넘어, 베르나노스와 더불어 역사의 와류와 마주한 그리스도인의 역사를 뛰어넘는 운명, 즉 구원이라는 모험의 상징이 된다.

베르나노스에게는 역사조차도 초월적 구원 경륜에 연동된 인간의 내적 드라마의 바깥 틀이다. 베르나노스와 함께 온갖 정변과 대사건에 맞닥뜨린 인간의 실존적 운명은 내

1978) 절판 상태다. 인용문은 작품의 2부 4절에서 주인공인 젊은 여성 샹탈이 회상하는, 고통스러운 임종 중에 들려준 영적 지도신부 셔방스의 가르침.

13 주인공 블랑슈의 경우가 바로 르포르가 처음 등장시킨 문학적 가상인물이다. 한편 블랑슈의 영적 짝이 되어준 콩스탕스는 실존 수녀의 이름이다. 또 한 명의 걸출한 인물상, 강생의 마리아 수녀는 세속명으로는 마담 필리프로 불린 실존 인물의 문학적 변형이다.

적·심리적 맥락에 따라 부침浮沈을 거듭하다가 결국은 신앙의 차원으로 귀속된다.[14] 다른 수녀들의 순교 서원 이행도 그렇지만, 특히 그 서원을 저버리고 도망침으로써 굴욕의 시련을 겪은 블랑슈가 마지막에 받아안은 죽음은 겟세마니의 비극 안에서만 해명될 수 있을 것이다. 그리스도의 수난을 다시 살아내는 그들 수도修道 공동체의 운명을 짚어볼 때 베르나노스에 의한 이 극의 진정한 원경遠景, 비가시적이지만 진정한 무대의 원경은 대혁명이 아니라 겟세마니 올리브 동산이다. 그리스도의 수난이 그만큼 이 작품에 진정한 의미를 부여하기에 그렇다.

베르나노스가 집필을 마친 1948년 3월은 그해 7월 5일에 닥칠 그의 죽음으로부터 불과 3개월 반 전이다. 대사가 너무 길어 그대로는 영화화하기 어렵겠다[15]는 영화사 측의 말

---

14 르포르 작품의 마지막 문단 중 한 대목, "인간적인 것만으로는 전부가 아니다"에서 베르나노스의 작품이 시작한다는 한 연구자의 말이 시사적이다(Michel Estève, *Bernanos*, Hachette, 1981, p. 276).

15 바로 이런 긴 사색적·묵상적 대사의 특성이 베갱의 손질 덕분에 정형화된 연극 대본으로 오래 간주되기도 했던 이 작품을, 현대 영화 산업에서 말하는 촬영대본이나 시나리오가 아니라 장르적 틀을 넘어서는 베르나노스 고유의 문학적·신학적 극 텍스트로 보게 한다. 이제 이것은 대화극의 형식을 보여주면서도 리듬감 있는 시선 이동, 장면전환과 더불어 무대와 카메라를 동시에 품은 경계와 아우름의 텍스트로 새롭게 다가온다.

이 있었지만, 그런 소식을 모른 채 열일곱 권에 이르는 공책[16]에 육필 원고를 마친 작가는 중환자가 되어 귀국한다. 원고는 작가의 가방 안에 그냥 들어 있었으나 그의 죽음 이듬해인 1949년, 베갱이 이 작품의 진가를 발견하면서 서둘러 간행을 주선한다. 영화적 시선 이동을 보여주는 50여 개의 장면들scènes을 프롤로그며 다섯 개의 장章, tableau으로 묶고 재단해 연극 대본처럼 제시한 것도, 제목을 '가르멜 수녀들의 대화'라고 단 것도, 작품에 제사를 추가한 것도 모두 베갱이다. 그는 르포르와의 협약을 거쳐 프랑스 쇠유Seuil 출판사에 맡겨 우리가 익히 아는 이 제목으로 작가의 유작을 펴낸다. 대작가의 서거 후 그의 작품 세계를 그리워하던 독자들의 큰 호응을 받은 이 베갱 판은 제작이 상대적으로 어려운 영화화에 앞서, 1952년 연극으로 먼저 큰 성공을 거둔다. 베갱이 무대 맞춤형으로 원고를 정리한 이유가 우선적 이유다.

영화적 장면 전환과 시각적 리듬을 품은 작가의 애초 원고 상태로 작품을 복원하려는 대작업은 2015년에야 결실을 맺는다. 고슬랭-노아Monique Gosselin-Noat가 대표하는 여섯

명의 연구자들에 의한, 작가 육필 원고를 전면 검토한 판본이 2015년에 간행되어 원래 형태를 회복한 정본으로 자리 잡기 전까지는 베갱이 수습하고 일부 가필 윤색하면서 연극 대본화한 판본만이 장장 66년간 존재했던 것이다. [17]

그럼에도 불구하고 베르나노스의 작품을 세상에 처음 알린 베갱의 지극한 공은 잊을 수 없다. 프랑스와 베갱의 출신지인 스위스에서 시작된 화제 몰이에 이어 1957년에는 프랑스 20세기 음악사에서 중요한 '6인조' 엘리트 작곡가 중 한 사람, 프랑시스 풀랑크Francis Poulenc가 작품을 오페라화하여 전율의 감동을 선사한다. 곧바로 기존의 전통 오페라와 대극적인 모더니즘 오페라의 걸작으로 등극하면서 지극히 프랑스적인 이 작품과 그 작가 베르나노스를 뉴욕에서 시드니까지, 한마디로 전 세계에 알린다. [18]

---

17 그러니 국내의 기존 번역(안응렬 옮김, 『갈멜 수녀들의 대화』, 을유문화사, 1960)도 그에 따른 결과물이었고 베르나노스의 이 작품은 연극 대본으로 안이하게 이해되어왔다.

18 베르나노스의 깊은 영성이 표백되어 있는 작품의 중핵인 길고 장중한 명대사들은 거의 생략되었지만, 20세기 프랑스 오페라의 걸작으로 자리매김한 이 음악적 변용은 극 마지막 장면에서 열여섯 번의 단두대 칼날 금속음을 구현하는 등, 전래의 화려한 이탈리아 오페라와 극명히 대조되면서 1957년 밀라노 스칼라좌 초연 당시 엄청난 충격을 주었다. 국내에서도 2011년 5월 5일 한불공동예술단이 예술의 전당 무대에 올린 바 있다.

최초의 영상화는 1960년에 이르러 브뤼크베르제 신부가 다시 나서서 아고스티니 감독과의 공동 제작으로 성사된다. 하지만 13년 전 베르나노스에게 처음 제시했던 원래 시나리오와는 차이가 있는, 손질된 시나리오에 따라 영화를 만들었고 그 제목도 'Le Dialogue des Carmélites'로 바꾼다.[19] 이 영화는 베르나노스가 창출한, 넘치도록 풍성한 내적 의미 전달이 매우 제한되어버린 아쉬움을 남긴다. 사건들의 영적 의미에 대한 질문, 무수한 상징, 내면 탐색의 영역이 사라진 것이다. 즉 모로Jeanne Moreau, 브라쇠르Pierre Brasseur, 르노Madelaine Renaud, 바로Jean-Louis Barrault 등 당대를 풍미한 대배우들이 대거 출연한 이 영화는 베르나노스의 심오한 철학적·신학적 면면 대신 역사와 사회, 인간의 관계를 중점적으로 그려 보였다.

---

19 한편 1984년에 제작된 카르디날Pierre Cardinal에 의한 텔레비전영화는 그 제목을 'Dialogues des Carmélites'로 회복했다. 직역하면 '대화들'이라는 이 프랑스어 첫 복수 명사는 대화들의 다성성多聲性을 함의하면서, 원작에서 교직되는 대화들이 하나의 진술이나 결론으로 수렴되거나 환원되지 않음을 전달하는 소중한 표식이다(제목이 겪은 '곡절'을 우리가 찬찬히 살펴보는 이유다). 실제로 각 수녀의 발화는 끝내 서로를 덮거나 덮어끄지 않은 채 병존하고, 중요한 순간에서는 말 대신 오히려 침묵이 자리하는 대화극을 이루는 것, 그것이 베르나노스의 의중이다.

그럼 베르나노스의 집필 의도를 보다 잘 파악하기 위해서라도 텍스트, 극화된 내용의 얼개를 되짚어보자.

루이 16세가 될 왕세자의 결혼 잔칫날 벌어진 불길한 폭죽 사고로 말이 놀라 날뛰는 바람에 그 마차에 타고 있던 파리의 귀족 들라포르스 후작의 젊은 부인이 블랑슈라는 딸을 낳고 바로 죽는다.

혁명의 해 1789년. 블랑슈의 아버지 들라포르스 후작과 오라버니인 기사騎士는 블랑슈의 병적인 공포증에 대해 걱정 어린 대화를 나누는 중이다. 그때 블랑슈가 나타나, 흉흉한 세상을 떠나 봉쇄수도원 가르멜에 들어가고자 하는 희망을 피력한다.

얼마 후, 콩피에뉴의 가르멜 수녀원. 블랑슈에 대한 원장 수녀의 애정 어린 우려[20]에도 불구하고 블랑슈는 수녀원에 입회하게 된다. 어머니 같았던 노老원장이 선종하자 후임자로 공동체는 엄하고 강직한 강생의 마리아 수녀 대신, 중용을 지키려는 유화적 성품의 새 원장을 뽑는다.

대혁명이 급기야 공포정치로 치달으며 그 격랑은 수녀원에까지 밀어닥친다. 박해의 시작. 프랑스가 오랫동안 교회의

---

20 "'누토회 규칙'이 우리를 지켜주는 것이 아니라 우리가 '그 규칙'을 지키는 것입니다"라고 원장은 일깨운다. (장면 4)

맏딸이었음을 잊은, 아니 잊고자 광분한 세상 권력은 수도 서원을 금지하는 법령을 반포한다. 그리스도 수난의 신비를 그야말로 긴박하게 몸으로 겪어내야 하는 어려운 날이 봉쇄 가르멜에까지 닥친 것이다. 순교를 서원했던 블랑슈는 혁명 당원들의 방화와 약탈 소동 속에서 공포에 질린 나머지, 스스로 발한 순교 서원을 뒤로하고 수녀원에서 도망친다.

1794년 파리. 공포정치의 극한.[21] 아버지마저 단두형으로 잃고 혼자가 된 블랑슈는 본가 저택을 약탈한 혁명군의 하녀로 은신하여 굴욕의 나날을 견디고 있다. 그러던 중 정부가 환수해버린 수도원에서 축출된 동료 수녀들이 비밀 집회 및 반反자유 서적 소지 등의 이유로 체포되어 파리로 호송되었다는 소식을 듣는다. 사형선고 당일, 모두 단두대에서 처형되는 광장. 수녀들의 처형이 끝나가는 시점에 누군가 군중을 헤쳐 나오며 「임하소서 성령이여」를 부르면서 스스

---

21 베르나노스는 공포정치를 인류가 어떻게 영예의 정신을 배반하는가를 성찰하는 장으로만 절제 속에서 환기하고 있을 뿐, 그것 자체를 공격하거나 비난할 목적으로 글을 이끌어가지 않는다. 즉 그는 긍지와 영예의 감각이 영적 교만에서 거리가 멀 듯이, 긍지를 간직한 참된 겸손은 굴욕, 도살(여기서는 수녀들의 집단 희생)을 순교라는 의미로 거룩하게 변모시킬 힘이 있음을 보여주는 현장으로만 당대의 정치 상황을 언급하고 있다. 그런 점에서 처형 장면을 섬뜩하게 극화한 풀랑크의 오페라는 매우 극적인 각색이라 하겠다.

로 단두대를 향해 나아간다. 바로 블랑슈다.[22]

어머니의 죽음과 함께 세상에 태어난 출생 내력, 그 공포에서 벗어나지 못한 채 '들라포르스,' 즉 용기와 힘, 용덕勇德을 뜻하는 가문의 이름에 값하지 못한다는 자책에 늘 시달리던 블랑슈는 공동체의 동료들과 자신이 지향해온 내적·영적 가치를 뒤로하고 수녀원에서 도망쳐 나오는 굴욕에 스스로 갇히지만, 최후의 순간 그녀는 저버린 듯 보인 순교 서원을 돌연 자유롭고 해맑게 이루면서 세상 논리를 초월한 용기, 영적 생명력을 증언한다. 이처럼 역사 드라마의 틀 안에서 이 작품은 종국적으로는 죽음, 더 나아가 죽음 너머에서 생명을 구하는, 존재의 극변極邊까지 감행한 인간의 내적 모험이 고대하는 구원의 드라마를 보여주면서 인간 삶의 가치 지향에 대한 성찰로 독자들을 이끈다.

---

22 실제 순교자 열여섯 명 중 작품에 실명으로 거명된 수녀는 두 원장 및 콩스탕스, 마르타 수녀인데 그들도 출신 배경이나 수도명에서 약간의 변용을 거친 인물들로 그려진다. 주인공 블랑슈를 비롯하여 나머지 수녀들은 작중인물로 재창조되었다. 실제로는 다른 수녀들과 함께 순교한 전임 원장의 죽음이 작품에서는 죽음의 고통을 극적으로 보여주면서, 블랑슈를 위한 앞당긴 대속적 죽음으로서의 의미를 지닌 개인 임종으로 그려지고 있음도 주목을 요한다.

18세기 프랑스의 가르멜 수녀원이라는 한 작은 공동체가
겪은 실화를 바탕으로 한 이 작품에 면면히 배어 있는 심오
한 영성[23]을, 20세기 가르멜의 위대한 순교자이자 뛰어난 철
학자, 아우슈비츠 가스실에서 학살당한 독일의 에디트 슈타
인Edith Stein[24]에게서 되찾을 수 있는 것도 놀랍다. 이 성녀,
수도명으로는 십자가의 데레사 베네딕타가 실제 삶과 글로
남긴 성찰은, 대선배들인 콩피에뉴 가르멜 수녀들의 삶과

---

23 수녀들의 대화 내용 못지않게 작가는 서른 군데에 이르는 '침묵'을 여
러 대화 중에 의도적으로 지시하고 있음을 주목해야 한다. 그것은 다양한
출신이 이룬 공동체가 마주하는 순교, 그 서원 수행에 이르는 영성적 모
색 과정이 단선적으로 선결된 결론을 향해 일방적으로 진행한 것이 아님
을 시사하는 장치다(앞의 각주 19 참조).

24 1891년 유대인 가정에서 태어나 1917년 철학 박사 학위를 받은 독
일의 철학자로, 에드문트 후설의 제자다. 1922년 가톨릭으로 개종하고,
1933년 쾰른 가르멜 수녀회에 입회했으며, 1942년 아우슈비츠 가스실에
서 희생되었다. 1998년 시성된 이 가르멜의 현대 철학자 성녀는 르포르
및 베르나노스와 거의 동시대 인물이라는 점에서도 각별하다. 한편, 베르
나노스가 사랑으로 그려낸 콩스탕스 수녀의 영성은 프랑스 가르멜 수녀
회의 후대 역사에서 구체적으로 확대된다. 19세기 말 프랑스의 성녀, 세
칭 소화 데레사(수도명 '예수 아기와 성면聖面의 데레사, 1873~1897)와 그
의 자매 격인 또 다른 성녀 성삼聖三의 엘리사벳 성녀(1880~1906)에서 실
체화되어 고스란히 발견되기에 그러하다. 달리 말하면 뛰어난 영성 저술
들을 남긴 이 두 후배 성녀가 실제로는 말없이 순교한 콩스탕스 수녀를
대변한다 하겠고, 베르나노스는 특히 소화 데레사의 영성에 깊이 매료되
어 그를 콩스탕스 수녀에 투영하여 그려냈다.

영적 운명을 깊이 모를 심오한 대사로 되살려낸 베르나노스
의 작품과 시공간을 초월해 맞닿아 있기에, 그런 그들의 경
이로운 영적 연계와 연대 앞에서 마냥 숙연해진다.

　다음은 가톨릭 영성의 한 진면목인 '가난'의 관점에서 베
르나노스의 소설 세 편을 살펴본 바 있는 옮긴이의 한 작은
글[25]에서 이 작품에 관한 일부 대목을 정리해 덧달아둔다.

　〔……〕 신학자 발타자르가 '교회의 사람'[26]으로 부른
작가 최후의 영적 묵상이 녹아 있는 『가르멜 수녀들의
대화』에서도 역시 가난의 신비에 대한 작가의 관점이
여러 인물을 통해 대변된다. 이 작품에서 우리는 봉쇄

---

25 「베르나노스와 가난의 영성」, 방송대논문집 26집, 1998.

26 20세기 최대의 가톨릭 신학자 중 한 사람인 발타자르의 기념비적 베
르나노스 연구서 최종 제목이기도 하다. 이 신학자가 1954년 독일어
로 발간한 *Bernanos*는 1956년 강디야크Maurice de Gandillac에 의해 *Le
Chrétien Bernanos*라는 제하로 프랑스어로 번역되었다. 이 책에서 발타자
르가 『가르멜 수녀들의 대화』에 대해 집중 언급하고 있는 바는 '성인들
의 통공'이라는 주제, "구원을 위한 (무수한 상호) 연대성"이다(p. 466). 발
타자르는 *Bernanos: Gelebte Kirche*라는 보다 구체적인 제하로 1971년 개정
판을 발행하였다. 이 책의 영어 번역은 레이버-메리카키스Erasmo Leiva-
Merikakis 교수, 현재 트라피스트회 수사에 의해 *Bernanos, An Ecclesial
Existence*라는 제하로 1996년에 나왔다.

가르멜회 수녀들의 존재 이유와 존재 방식이 다른 이의 구원을 위하여, 그리스도의 사랑 때문에, 기도에 전념하기 위하여[27] 겸손히 수용하는 '가난'에 있음을 보게 된다. 수녀들을 사회의 "기생충"으로 보는 혁명정부에 의해 수녀원의 제구祭具가 약탈당하자 새 원장 수녀는 공동체를 향하여 이렇게 일깨운다.

"오늘 〔······〕 하느님이 모독당하심만을 슬퍼하십시오. 〔······〕 우리가 으뜸으로 받아들인 생활 조건이 가난 아닙니까? 향후 우리가 아무리 가난해지더라도 우리 '스승님'을 닮기에는 여전히 까마득할 것입니다. 우리는 여태 '그분'만큼 가난하지 못합니다." (장면 30)

그런데 죽음 앞에서 철저히 저버려진 그 스승만큼 진정 가난할 수 있는 특은特恩이 역사의 광풍에 끝내 휩쓸린 수녀들 앞에 피의 냄새와 함께 닥친다. 수도 생활을 미신적 광신의 표현이라면서 제압에 나선 공포정치 당국의 눈을 피해 비밀리에 성금요일 전례를 마지막으로

---

27 "우리 수녀원은 (결코 덕행을 도급 맡거나 보관하는 집이 아니라) '기도의 집'"이며 "천주께 봉헌된 사람들은 평화를 누리려고 서로 모여 있는 것이 아니라, 남들을 위한 평화를 얻도록 노력"하는 사람들(장면 9)이라는 말로 마리아 수녀는 이를 깨우친다.

주례하는 수녀원 전속 사제는 예수의 가난에 대하여 강
론하면서, 순교가 필연적으로 수녀들에게 닥칠 것을 예
언한다. 수난 날 밤을 기념하는 강론 주제로 이보다 더
적절한 바는 사실 달리 없으리라.

　"주님은 가난한 자들 가운데 사셨고, 우리 가운데에
서 여전히 가난하게 살고 계십니다. 주님은 가난한 자
들로부터 가난한 자들의 방식대로 받아들여지고 공경
받기 위해 우리를 당신처럼 가난하게 만들고자 작정하
시는 때가 언제라도 닥치기 마련입니다. 그럼으로써 주
님은 옛적 갈릴래아 길 위에서 받았던 바를 되찾으시려
는 것이겠지요. 비천한 이들의 환대, 그들의 소박한 영
접 말입니다. 그분은 가난한 자들 가운데 살고자 하셨
고 그들과 더불어 죽고자 하셨습니다. 파스카 명절이
아직 오지 않은 그 어두운 시기에 죽음을 향해, 즉 '당
신'이 희생으로 바쳐질 장소인 예루살렘을 향해 '그분'
이 걸어가신 것은, 본인 영지에서 주민들의 행렬을 앞
장서 이끄는 어떤 '백작'처럼 하신 일이 아니었습니다.
누구에게 도전할 생각을 하기는커녕 사람들 눈에 띄지
않도록 최대한 몸을 움츠리는 가엾은 사람들 틈에 끼어
서 그렇게 나아가신 것입니다…… 그러니까 이제는 저
사람들처럼 죽음을 모면하기 위해서가 아니라, 필요하

다면 주께서 친히 죽임을 당하신 것처럼 그 고통을 당하기 위해서 우리는 아주 작은 자가 됩시다. 정녕 성서의 말씀대로 그분은 도살자의 손에 넘겨진 어린 양이었습니다."(장면 33)

예수의 죽음은 도전적 영웅의 죽음이 아니라 도살장에 끌려가는 어린 양처럼 가난한 인자人子로서의 희생이었음을 강조하면서, 신부는 다가올 수녀들의 죽음이 승리주의에 젖은 영웅으로서의 도전 행위가 아니라 가난한 죽음일 때 비로소 그리스도의 죽음과 일치할 수 있을 것임을 일깨운다.

이상의 두 '장면' 인용문으로도 드러나듯이 작가 베르나노스를 특징짓는 것이기도 한 가난의 신비에 민감한 영성은 한결같이 그리스도 중심적 신학에서 비롯된다. 그리고 그리스도의 가난의 정점이 바로 친히 겪은 십자가상 죽음이기에, 대박해의 시대를 맞아서도 그리스도의 가난을 끝내 따르려는 가르멜의 딸들은 자발적으로 순교 서원을 발했던 수도자답게 단두대로 올라간다.[28]

---

28 그러나 베르나노스는 이 장면을 자극적인 대학살이나 영웅적 현시로 그리는 대신, 성가 부르는 목소리의 순차적 사라짐으로 조용히 환기한다.

그런 점에서 광장의 그 단두대 혹은 단두대로 오르는 비계 그 계단은 갈바리아의 십자가를 재현한다……

그러니 공포정치 시대의 혁명당원들이 그러하였듯이, 봉쇄수도원 안의 생활을 자족적 평화, 아니 태평 무사안일로 미루어 짐작하여 시기, 박해한 것은 그 공동체의 영적 실제와 그 얼마나 다른 것일까.

"우리 수녀원은 '평화의 집'이 아니고 '기도의 집'입니다. 천주께 봉헌된 사람들은 평화를 누리려고 서로 모여 있는 것이 아니라, 남들을 위한 평화를 얻도록 노력하지요…… 남에게 주는 것을 자기가 누릴 시간은 없는 법……"(장면 9)

세상의 평화를 위해 기도 수행에 정진하는 수녀 자신들은 정작 그 평화로부터도 가난해야 한다는 원장의 이 가르침에, 베르나노스의 영적 완숙의 표백인 『어느 시골 신부의 일기』의 화자인 주인공 신부의 감격 어린 다음과 같은 고백이 화응한다. 어려움투성이 사목 생활

무구無垢한 수도자들의 저항 없는 희생, 그들의 참된 영적 가난을 헤아린 관점이다.

중에 자기 자신은 평화를 누리지 못하였으나 평생 절망
과 고독에 갇혀 있던 백작 부인에게 사제 직무 수행을
통해 사랑의 마음과 평화를 회복시켜줄 수 있었던 감격
을 그는 다음처럼 외치지 않았던가.

"자기가 가지고 있지 못한 것을 이렇게 줄 수 있다는
것은 이 얼마나 기묘한 일인가! 오 우리들 두 빈손의 그
윽한 기적이여!"[29]

여기 이 두 사람, 수도자와 사제의 말이 동시에 가르
쳐주는 것은 바로 성인들의 통공의 신비다. 그런 점에
서 평소에 그리도 위엄 있던 귀족 출신의 크루아시 원
장 수녀가 겉으로 보기에 비참하고 고통으로 얼룩진 투
병 끝에 신출내기 지원 수녀 블랑슈에게 작별 선물로
"주는" 자신의 "참으로 보잘것없는 죽음"은, 두려움에
질린 나머지 박해의 올무가 죄어오는 가르멜을 탈출하
여 도망갔던 마음을 돌이켜 그녀 또한 순교에 합류할
수 있도록, 미리 블랑슈의 공포를 성인들의 통공 속에
서 대신하는 초월적 의미를 가진다.[30] 원장은 이를 갈고

---

29 정영란 옮김, 민음사, 2009, 252쪽.
30 "사람은 각기 자기를 위해서 죽는 것이 아니고, 서로를 위해서, 아니

절규하며 힘들게 맞이하는 임종의 고통 속에서 가르멜의 문에 막 들어선 지원 수녀 블랑슈에게 다음과 같은 의미심장한 말을 남긴다.

"지금은 내 죽음, 참으로 보잘것없는 죽음밖에 줄 수 없군요……" "천주의 영광은 당신의 성인들과 용사들과 순교자들을 통해 드러나듯이 그의 가난한 자들 안에서도 드러납니다." "오! 가난에는 더없이 비참한 것까지 여러 층이 있습니다. 당신은 그것을 실컷 맛보게 될 것입니다……"(장면 11)

원장이 각별한 인연[31]으로 받아들인 블랑슈에게 굳이 전해주는 자신의 "보잘것없는 죽음"은, 태중에서부터 극도의 공포에 시달리다 어머니의 죽음을 대가로 하여 태어난 블랑슈가 그 천성적 약함의 시련을 딛고 다른 동료들에 이어 단두대로 자원하여 걸어 올라갈 수 있

면 다른 사람들을 대신해 죽는 겁니다"(장면 14)라는, 베르나노스적 '어린이 정신'의 혜안으로 빛나는 콩스탕스 수녀의 말은 원장 수녀와 블랑슈의 죽음의 연대를 정곡으로 지적하면서 통공의 신비를 이해하고 있다.

[31] 자신의 첫 수도명과 같은 수도명을 미리 선택해서 가르멜의 문을 두드리는, 공동체의 '막내딸'을 향한 죽어가는 원장의 애틋한 심경을 헤아릴 수 있겠다.

는, 처음이자 마지막으로 수도자다운 은총의 행위가 가
능할 수 있도록, 그녀 자신을 속박하던 것에서 가난해질
수 있는 마음을 대신, 미리, 자신도 모르게, 준비해주는
것이다.

  다가온 죽음에 대한 공포 때문에 수도 공동체를 떠나
도망쳤던 그녀가 자신의 약함과 마침내 화해하고, 죽음
과 "우리 둘이!"[32] 마주하는 기적은 참된 영적 가난의 종
국적이며 완전한 승리의 표징이다. 그것은 '성인들의 통
공' 속에서 전임 원장이 블랑슈에게 준 — 영성적 의미
에서 그야말로 증여한 —, 처절하게 저버려진 가난한
죽음으로부터 예비된 것이다. 광장의 군중을 뚫고 걸어
나와 단두대로 향하는 블랑슈는 자신도 모르게 그 신비
로운 통공 덕분에 죄악의 파도에 자헌하신 그리스도와
의 완전한 결합을 이루면서 실추한 명예를 회복하게 될
것이다……[33] 목숨의 자헌, 바로 이곳에서 인간을 참존

---

32 베르나노스의 실제 임종의 말이기도 하다.
33 "순교는 교회에서 최상의 은혜요 사랑의 최고 증명"(『교회에 관한 교
의헌장』, 42조)이며, 교회의 가르침의 신빙성을 더욱 드높이는 것이 순교
자이다. 이같이 교회 안의 성덕은 교회 자체의 성덕을 눈에 보이게 하는
것이기에(『제2차 바티칸 공의회 해설총서』 2, 358쪽 참조) 콩피에뉴 가르
멜 딸들의 순교는 자신의 명예 회복을 넘어 상징적으로 교회와 '교회의 만
딸'이라 불리는 프랑스를 하느님 안에서 되살렸다는 드높은 명예를 획득

244

재의 어린이로 회복시키는 가난의 정신이 악과 교만의 정신을 이겨내는 초월적 현실과 생생하게 만난다. 그러기에 이 마지막 장면을 '계시적'이라고, 아니 '계시 그 자체'라고 부르는[34] 이유다. 베르나노스가 강조한 참된 가난의 표징은 이처럼 그리스도와의 유대, 나아가 동료, 이웃에의 열림, 형제적 자비의 유대다. 작품 속 그리고 실제의 가르멜 수녀들은 모두 프랑스 공포정치의 칼날에 의해 비참한 죽음을 맞이하는 가난한 자들이지만, 그들은 자기 스스로를 위해 죽지 않는다. 원장뿐만 아니라 앳된 청춘을 기꺼이 봉헌하려는 콩스탕스 수녀가 블랑슈를 위해 미리 혹은 함께 연대하며 죽듯이, 그들은 타자를 위해 혹은 대신해 죽음으로써, 그들이 소망했던 대로 교회와 프랑스를 위하여 곧 그리스도와 이웃, 즉 세상에 동시에 연대된다.[35]

이처럼 죽음에 대한 다층적인 긴 묵상을 제공하며 전개되

한다.

34 번역 저본에 수록된 고슬랭-노아, 「작품 해설」, p. 1189.

35 그러기에 확인되는바, 순교의 원리는 사랑, 자신을 내어놓는 어리석은 사랑임을 이 작품은 설교나 호교론적 설득을 통해서가 아니라 아름다운 한 편의 묵상극으로 전달하기에, 이 희귀한 작품은 종교의 틀을 넘어 인간 보편, 구별 없는 독자들에게 다가갈 수 있는 게 아닐까.

다가 공포정치의 희생양이 되는[36] 순교 장면으로 막을 내리
는 이 작품『가르멜 수녀들의 대화』는 한 편의 역사극이나
순교극, 종교 교리의 일방적 번안에 머무르지 않고, 부조리
와 비열, 폭력과 공포, 그 모든 인간사를 숭고한 자헌의 죽
음으로 넘어서는, 숨 막히도록 지순하고 아름다운, 죽음마
저 놀라운 평화 속에 수렴하는[37] 신비적 전례극典禮劇[38]의 인

---

36 그러나 그것을 문학적 사실주의로 피 칠하지 않고, 오히려 극적 드라
마 속에서도 (비유하자면) 절제된 고전극의 모범을 채택함으로써 독자들
의 관심을 끝까지 인간 내면으로 이끌어가고 있다. 그 내면이란, 그리스
도인 작가로서는 종교적 관점으로 조망될 때만 그 전모에 다가갈 수 있는
그리스도교적 영성의 장이다.

37 바디René Bady가 그 무엇에도 오염되지 않은, '순수 상태의 종교의
모습'을 보여준다고 일컬은 이 작품 안에서 작동하는 것은 인간사의 격
동을 넘어서는 구원과 은총의 경륜, 그 초월의 신비다. 보이지 않는 이 세
계의 경륜을 화육의 언어로 숭고하면서도 그윽히 다정하게 그려낼 수 있
었던 것이 바로 베르나노스의 작가적 역량과 글 쓰는 그리스도인 신앙인
으로서의 영성적 깊이다. "『가르멜 수녀들의 대화』는 죽음의 문턱에 닿
은 베르나노스가 이 지상과 천상을 향해 던지는 마지막 시선으로서 그
의 믿음과 희망 그리고 사랑의 깊이를 드러내고 있다"("Christianisme et
Humanisme d'après Bernanos," *Littérature et spiritualité*, Presses Universitaires
de Lyon, 1978, pp. 241~242).

38 공포정치 시대의 단두대는 여기서 종말론적 전망으로 열린 전례적 시
공간으로 변모하지 않는가. 열여섯 명 가르멜 수녀들이 그 위에서 마지막
까지 이어가는 행위가 '그분'을 사랑한 자들의 사랑의 찬가, 성령 송가임
에야. 이즈음에서 우리는 조선의 순교자들을 기리며 "치명致命의 오묘한

상을 창출하면서 우리 뇌리와 가슴을 파고든다.[39]

*

글을 맺으며, 그 누구보다 이 작품의 번역을 기다려주신 구요비 주교님께 존경과 감사를 표한다. 인수봉 아래의 서울 가르멜 여자 수도원 수녀님께서 애초 원고를 읽으시고 여러모로 도움을 주셨다. 깊이 감사드린다. 한 땀 한 땀 정성스레 책을 만들어준 문학과지성사에도 각별한 인사를 전한다.

이제 이 책을 모든 독자께 드린다. 독자들을 영혼의 길벗이라 부르는 진귀한 작가와의 깊은 만남이 이루어지기를 ─

효험이요"라고 고백하는 르메르Louis Bon Jules Le Merre(한국명 이유사, 1858~1928) 신부의 시(가톨릭성가 284, 「무궁무진세에」)를 떠올리게 된다. 파리외방선교회 사제로서 떠나온 조국의 박해 시대를 떠올리며, 프랑스인 사제들을 포함한 조선 땅의 순교자들을 기리는 진심의 고백이기에 그러하다.

39 작품도 이상의 소개문도 생경하게 느껴지는 분들에게는 성서;『가톨릭 교회 교리서』, '그리스도인의 죽음의 의미'에 관한 1010~1019항;『제2차 바티칸 공의회 문헌, 교회에 관한 교의헌장』제7장「지상 여정地上 旅程 교회의 종말적終末的 성격과 천상교회와의 일치」;『한국 가톨릭 대사전』, '모든 성인의 통공' 항목 등을 참조하기를 청한다.

"미지의 길벗들, 내 오랜 형제들이여, 우리는 언젠가 함께 하느님 나라 문 앞에 도착할 것입니다. 우리 여정의 먼지를 하얗게 뒤집어쓴 몹시 피로하고 기진한 무리, 내가 땀을 닦아줄 수 없었던 거칠지만 다정한 얼굴들, 선도 악도 다 보았고 자신들의 임무를 완수하고 삶과 죽음을 다 떠안은 눈길, 오, 결코 수그려 깔지 않았던 눈길들이여! 나는 여러분을, 내 오랜 형제들을 바로 그런 모습으로 다시 만나볼 것입니다, 내 어린 시절이 상상했던 바대로의 여러분을. 왜냐하면 나는 당신들을 만나러 길 떠났었고, 당신들을 향해 달려왔던 것입니다. 〔……〕 정말이지 내 삶은 벌써 죽은 이들로 가득 차 있습니다. 그러나 죽은 이들 가운데 가장 진실로 죽은 사람은 바로 예전에 나였던 어린아이입니다. 그러나 때가 되면 바로 그 어린아이가 내 삶의 머리에 자기 자리를 다시 잡을 것이고, 내 가련한 세월 조각들을 마지막 조각까지 다 모아들일 것입니다. 그리고 젊은 대장이 퇴역 노병들을 집결시키듯 혼란 속에 있는 무리를 모아들여 첫번째로 '아버지 집'에 들어갈 것입니다. 요컨대 나는 어린 시절의 이름으로 말하는 권리를 가지고 있는 것일 겁니다. 바로 그렇지만 세상 사람은 어린 시절의 이름으로 말하는 법이 없는데, 정녕, 참 어린 시절의 언어로 말하여야 마땅할 터입니다. 그것은 잊힌 언어, 바

로 그러한 언어가 글이 될 수 있고 어쩌면 글이 되기라
도 한 양 내가 이 책 저 책을 쓰면서 바보처럼 찾고 있
는 바로 그런 언어입니다! 하나, 무슨 상관이겠습니까!
가끔 그 언어의 어떤 음조를 내 다시 발견하는 때가 있
으니…… 우연히 혹은 심심해서 어느 날 내 책을 펼쳤
던, 세상에 흩어져 있는 내 길벗 친구들, 당신들이 내
말에 귀를 기울이게 이끄는 것이 바로 그것이기에. 글
쓰기를 무시하는 사람들을 위해 글을 쓴다니 이 기이한
생각이여! 아직도 구속救贖받을 수 있는 이 세상의 몫은
오로지 어린이들, 영웅, 그리고 순교자들에게만 속한다
는 내 깊은 확신에도 불구하고 이해시키고 설복하려고
애쓰는 벅찬 모순이여.”40

---

40 『달빛 아래의 대공동묘지 *Les Grands cimetières sous la lune*』, *Essais et
Écrits de combat*, *I*, Bibliothèque de la Pléiade, Éditions Gallimard, 1971,
pp. 354~357.

1888	2월 20일, 프랑스 파리에서 출생. 아버지는 실내장
식업에 종사했고 어머니는 중부 베리 지방 앵드르
도道의 농부 집안 출신.

1899	첫 영성체를 받음. 북부 파드칼레도道의 시골 마을
프레생에서 유년 시절을 보냄. 예수회에서 운영하
는 학교 및 소小신학교 등, 네 번의 전학을 거치며
초·중등 교육과정을 마침. 발자크, 위고, 파스칼 작
품 탐독.

1906~13	소르본 대학에서 문학과 법학 전공. '악시옹 프랑세
즈'를 통해 왕당파 운동 참여.

1913~14	왕당파 기관지『아방가르드 드 노르망디』편집장
역임.

1914~18	1911년에 건강상의 이유로 병역면제를 받았으나 제
1차 세계대전 중 최전선에 지원병으로 참전하여 수
차례 부상당함. 1917년, 잔 다르크가家의 후예인 잔
탈베르 다르크와 결혼. 향후 여섯 자녀를 두게 됨.

1918~26   종전 후 구직난으로 1918년부터 보험회사 지방 순
          회 감독관으로 일하면서 틈틈이 기차 안, 역전 카
          페, 숙소 등에서 집필. 1922년, 단편소설「다르장 부
          인Madame Dargent」발표. 작가로서의 소명을 확신
          하고 1926년『사탄의 태양 아래Sous le soleil de Satan』
          를 발표, 문단에 돌풍을 일으킴. 이후 펜으로 살기
          로 하고 보험회사 퇴직.

1927   국가 최고 유공 훈장인 레지옹 도뇌르 수락 1차 거
          부(1938년, 1946년에도 거부). 소설『기만L'imposture』
          발표.

1929   소설『기쁨(환희)La joie』발표(페미나상 수상). 잔 다
          르크에 의한 오를레앙 해방 500주년을 맞아 시적
          산문 소책자『배교자이자 성녀인 잔Jeanne, relapse et
          sainte』발표.

1930~34   1931년, 소설『악몽Un mauvais rêve』과『윈 씨Monsieur
          Ouine』집필 시작. 정치평론집『보수파들이 가장 두려
          워하는 일La grande peur des bien-pensants』발표. 1932년,
          샤를 모라스가 이끌던 '악시옹 프랑세즈'와 결별.
          1933년, 즐겨 타던 오토바이 사고로 중상을 입어 목
          발에 평생 의지하게 됨. 생활고로 대가족을 이끌고
          프랑스 이곳저곳을 전전.

1934~37   물가가 싼 스페인 발레아레스제도의 마요르카섬 팔

마로 이주해 1937년 3월까지 거주. 1935년, 생활고
로 탐정소설 『어떤 범죄 *Un crime*』 발표. 1936년, 소
설 『어느 시골 신부의 일기 *Journal d'un curé de campagne*』
발표(아카데미 프랑세즈 소설 대상 수상). 『무셰트
의 새로운 이야기 *Nouvelle histoire de Mouchette*』 발표.
1937년, 스페인내란을 현지에서 고스란히 체험.

1938~45   1938년, 정치평론집 『달빛 아래의 대공동묘지』 발표.
이후 최후의 소설 대작이 될 『윈 씨』 외에 다른 소
설 집필을 중단, 직접적 시대 증언으로서 정치 및 문
명론 속속 발표. 파시즘과 정치적 야합이 판치는 유
럽의 정신적 위기에 고뇌하며 금방 파기될 뮌헨 협
정 상황 예견. 1938년 7월, 뮌헨 협정 두 달 전에 파
라과이로 이민 길에 오름. 도착 후 이내 향후 7년간
체류하게 될 브라질로 재이주. 1939년, 성인전 『성
도미니코 *Saint Dominique*』 출간. 제2차 세계대전 발
발. 리우데자네이루에서 300킬로미터 떨어진 소도
시 바르바세나 외곽 '영혼의 십자가의 길' 언덕에 위
치한 누옥에서 무수한 '투쟁의 글'과 BBC 방송 연
설을 통해 레지스탕스 운동에 동참. 1939년, 『진리
의 스캔들 *Scandale de la vérité*』 『우리들 프랑스인 *Nous
autres Français*』 발표. 1942년, 『영국인에게 보내는 편
지 *Lettre aux Anglais*』 발표.

1945~48   샤를 드골의 부름을 받고 브라질에서 귀국하였으나
          입각 제의를 뿌리치고 정치평론 기사 집필과 유럽
          순회강연에 전념. 1946년, 소설 대작『윈 씨』프랑
          스에서 출간. 1946~47년,『로봇에 대항하는 프랑스
          La France contre les robots』를 브라질과 프랑스에서 각
          각 출간. 1947년, 제4공화국의 정치적·사회적 풍토
          에 깊은 환멸을 느끼고 튀니지로 떠남. 간경변증 발
          병. 1947~48년, 영화 제작자들의 위촉을 받고 작가
          최후의 심혈을 기울인 영적 유언 격의『가르멜 수
          녀들의 대화』집필. 1948년, 브라질에서 1943~45년
          에 걸쳐 전 4권으로 출간된 바 있는『영혼의 십자가
          의 길*Le Chemin de la Croix- des- Âmes*』프랑스어판 출
          간. 지병이 위중해져서 튀니지에서 파리로 호송되
          어옴.

1948   7월 5일, 파리 근교의 병원에서 선종. 모친의 고향
          마을 펠부아쟁에 있는 가족묘에 안장됨.

1949~   1949년, 알베르 베갱이 수습·손질한『가르멜 수녀
          들의 대화』출간. 1939~40년에 집필된 전쟁 일기
          『모욕받은 어린이들*Les enfants humiliés*』출간. 1950
          년, 소설『악몽*Un mauvais rêve*』출간. 1953년,『무엇
          을 위한 자유인가?*La liberté pour quoi faire?*』출간. 1961
          년, 브라질 체류 이후의 기사 모음집『프랑스인들이

여, 그대들이 아신다면*Français si vous saviez...*』출간.
1975년, 『프랑스의 영성적 소명*La vocation spirituelle
de la France*』등 정치평론, 문명론, 미공개 서한집 속
속 출간. 2015년, 알베르 베갱에 의한 1949년 판본
이후 66년 만에 저자의 육필 원고에 따른 『가르멜
수녀들의 대화』 개정판 출간.

옮긴이 **정영란**

서울대학교 불어불문학과와 같은 과 대학원을 졸업하고 프랑스 파리
10대학교에서 베르나노스에 관한 논문으로 문학박사 학위를 받았다.
1985년부터 2021년까지 한국방송통신대학교 프랑스언어문화학과(전
불어불문학과) 교수로 재직했고 현재 명예교수로 있다. 베르나노스의
소설『어느 시골 신부의 일기』, 바슐라르의 상상력 연구서들『공기와
꿈』과『대지 그리고 휴식의 몽상』, 보스코의 소설『반바지 당나귀』와
『이아생트의 정원』을 우리말로 옮겼으며,『프랑스 현대소설연구』와
『프루스트와 현대 프랑스 소설』등의 공저 논문집이 있다.

문지 스펙트럼 세계 문학

가르멜 수녀들의 대화

제1판 제1쇄   2026년 3월 23일

지은이　　　조르주 베르나노스
옮긴이　　　정영란
펴낸이　　　이광호
주간　　　　이근혜
편집　　　　박지현
펴낸곳　　　㈜**문학과지성사**
등록번호　　제1993-000098호
주소　　　　04034 서울 마포구 잔다리로7길 18 (서교동 377-20)
전화　　　　02) 338-7224
팩스　　　　02) 323-4180(편집)　02) 338-7221(영업)
대표메일　　moonji@moonji.com
저작권 문의　copyright@moonji.com
홈페이지　　www.moonji.com

ISBN 978-89-320-4517-7 03860